国語教師

Die Deutschlehrerin

ユーディト・W・タシュラー
Judith W. Taschler
浅井晶子 訳

集英社

国語教師

プロローグ

送信日：2011年11月27日
差出人：ティロル州文化サーヴィス局
宛先：M・K

カミンスキ先生
当局のシリーズ企画「生徒と作家の出会い」へのお申し込み、ありがとうございました。当企画は予定どおり、二〇一二年の夏学期に各校にて開催されます。作家が一週間のあいだ学校を訪れ、希望する生徒たちを対象に創作ワークショップを催すというものです。
十五人の作家の皆さんが、当企画への参加を承諾してくださいました。どの作家が貴校を訪れることになるかは、くじ引きで決められます。ワークショップの開催時期を決めるために、貴校をくじで引き当てた作家から、二〇一二年一月にEメールまたは電話で直接連絡が行くことになります。
よろしくお願い申し上げます。

ティロル州教育省文化サーヴィス局
アニタ・タンツァー

送信日：2011年12月20日
差出人：ティロル州文化サーヴィス局
宛先：クサヴァー・ザント

ザント様
当局の企画「生徒と作家の出会い」において、ザント様がワークショップを実施する学校が決まりましたので、お知らせいたします。
聖ウルスラ女子ギムナジウム
インスブルック市フュルステンヴェーク八六番地
日時を決定するため、上記ギムナジウムの担当国語教諭に連絡を取ってくださいますようお願いいたします。教諭のメールアドレスは m.k.@tsn.at です。
よろしくお願い申し上げます。
ティロル州教育省文化サーヴィス局
アニタ・タンツァー

再会前にマティルダとクサヴァーが交わすメール

送信日：2011年12月27日
差出人：クサヴァー・ザント
宛先：M・K

M・K（?）先生
二か月前に、ティロル州各校でのワークショップ企画への参加を依頼された者です。先日、担当者から、くじの結果、私の派遣先が貴校に決まったと連絡がありました。一週間にわたって、貴校の生徒さんたちと創作ワークショップをすることになります。
ワークショップの時期ですが、私としては、最も都合がいいのは二月十三日から十七日までの週です。電話をしてもつながらなかったため――貴校の事務室には誰もいらっしゃらないようです――、Eメールにて、できるだけ早くご返信いただければ幸いです。
クサヴァー・ザント

送信日：２０１１年12月29日
差出人：クサヴァー・ザント
宛先：Ｍ・Ｋ

Ｍ・Ｋ先生
たいへん恐縮ですが、ワークショップの日程を決めていただけるでしょうか。その他の予定を調整しなければならないので！
クサヴァー・ザント

送信日：２０１２年１月４日
差出人：クサヴァー・ザント
宛先：Ｍ・Ｋ

日程を決めてください！　貴校の事務室にも何度も電話をかけて、留守番電話にメッセージを残しましたが、いまだに返事をいただいていません。

クサヴァー・ザント

送信日：2012年1月7日
差出人：M・K
宛先：クサヴァー・ザント

親愛なるクサヴァー
親切なメールを何度もありがとう。クリスマス休暇のあいだ、学校の事務室に人はいませんし、私も休暇中はめったにメールをチェックしません。

有名な青少年文学作家であるあなたを、まもなく我が校にお迎えできることを、皆が楽しみにしています。

ただ、ご提案の週は、残念ながら都合がつきません。学期休みにあたるので。同僚たちも私も、三月前半だととても助かります。日にちの選択はお任せします。

マティルダ・カミンスキ

送信日：2012年1月8日
差出人：クサヴァー・ザント

宛先：M・K

マティルダ⁇　マティルダ⁇　マティルダ⁇

驚いたよ！　信じられない。本当にマティルダなのか⁇　なんて偶然だ‼　まさか君だなんて、思いもしなかった！　だいたい、どうして山国に移住したんだ？

心をこめて

クサヴァー

二時間後
差出人：クサヴァー・ザント
宛先：M・K

いつからティロル地方に住んでるの？　元気でやってる？　いまも相変わらず熱心な教師なのかな？　結婚はしてる？　近況を教えてほしい。君からの返事が楽しみでしかたないよ‼

送信日：2012年1月9日

差出人：クサヴァー・ザント
宛先：M・K

おーい！　おーい？　おーい‼
一、二行でいいから、返事をくれればうれしいんだけどな！

送信日：2012年1月10日
差出人：クサヴァー・ザント
宛先：M・K

最近僕がウィスキーを飲むときに、なにを聴いてると思う？　トム・ウェイツ‼

ワルツィング・マティルダ、ワルツィング・マティルダ、
お前と一緒にワルツィング・マティルダ、
お湯が沸くのを待ちながら、奴《やつ》は歌った、
お前と一緒にワルツィング・マティルダ

憶《おぼ》えてるかな。一九八六年の七月。コルシカ島の夜のピナレロ海岸。南ティロルから来たあの中年の男――なんて名前だっけ？　ルイジ？――が、ギターを弾きながら、あのどら声で、この歌をがなった。たぶん君の気を惹《ひ》きたかったんだろう。もう何日も前から君に気があって、僕たちのテントにしょっちゅう来ていたからね。手にワインボトルを持って、君にコルク抜きはないかって訊《き》く。そして、カルタラー・ゼーのボトルの栓をもたもた開けながら、やたら君に話しかけてた。ハンモックに寝そべってる僕のほうはちらりとも見ずに。

火を囲んで食事をしたよね。誰が加わったのか、もう憶えてないけど、いずれにしても十人くらいはいたね。そこで君が突然、少し酔っぱらってたのに――いや、酔っぱらってたからこそかな――立ち上がって、〈ワルツィング・マティルダ〉の曲で踊り始めたんだ。いや、あれは踊りとはいえなかったな。どちらかといえば、リズミカルな動きって感じだった。でも信じられないくらい官能的で情熱的だったよ。最後にはついにワンピースを頭から脱いじゃって、砂浜に放ると、あそこにいた全員の前で踊った。古臭いパンツ一枚で！　あのパンツ、いまでもよく憶えてるよ。濃い紫色で、腹の部分に小さなメッシュが入ってた。君はいつもああいう古臭いパンツをはいてたよね。曲が終わると、君は海に入っていった。と思うと、戻ってきて、僕まで海へ引っ張り込もうとした。結局、あの南ティロル人が、君をテントへ運ぶのを手伝った。君の体の一方を支えるといってきかなくてね。テントに入ると、僕たちは愛し合った。あの南ティロル人がすぐ外に立って聞き耳を立てていたに違いないと、僕は今日でもまだ確信してる。あのときは、そう想像すると興奮した。

君のことを思い出すたびに、あのときの光景が目に浮かぶんだ。海岸で、あの変なパンツ一丁で、僕や南ティロル人歌手や火のまわりを踊りながらぐるぐる回っていた君と、すぐ隣で砂に打ち寄せていた海。君はあの夜、たとえようもなく魅力的だった。

どうか返事をくれ。お願いだから。古き良き時代を懐かしむためにも。

クサヴァー

送信日：2012年1月11日
差出人：M・K
宛先：クサヴァー・ザント

クサヴァーへ

あなたのことを思い出すたびに私の目に浮かぶのは、別の光景です。

ほぼ十六年前の五月十六日。私はすごく早起きして、自転車で学校へ行きました。あなたはまだ寝ていて、私はいつものように、行ってきますのキスをしました。あなたがどちらを向いて寝ているかによって、頬《ほお》だったり、おでこだったり、髪だったり、キスする場所は毎回違ったけれど、あの朝は髪でした。予感があったといったら嘘《うそ》になります。だって、本当に予感なんてこれっぽっちもなかったんですから。だからこそ最悪でした。

その日は六時間ぶっ続けで授業をして、昼休みには学生食堂の監督にあたって、さらにその後一時間、補習授業をしました。とても蒸し暑い日だったのを、いまでも憶えています。ほかにもいくつか、細かいことを憶えています。たとえば、三年C組でレポートを書かせたこと。生徒たちにとって、論理的にものを書く初めての経験でした。それから、四年B組で討論をしたこと。テーマは「動物実験は全廃するべきか?」そうそう、それに、あの日の午後には買い物もしました。レタス、トマト、パプリカ、全粒粉パン、バター、ネギ。あのころあなたは、暑い日の夕食に、ミックスサラダと、ネギを載せたパンを食べるのがお気に入りでしたね。憶えていますか?

アパートの呼び鈴を鳴らしたけれど、あなたはドアを開けてくれませんでした。だから私は、買い物袋を全部いったん床に置いて、自分の鍵《かぎ》でオートロックのドアを開けました。あなたはきっと、自転車でその辺をぶらついているか、パウルかゲオルクのところにいるか、そうでなければ、なにか別の用事を片付けに出かけているんだと思いました。正直に言えば、あまり深く考えてはいませんでした。私たちは、お互いがいまどこにいて、なにをしているのかを常に知っていなければならないような関係ではありませんでしたから。

ドアを開けたとたん、なにかがおかしいと思いました。最初はどうしてかわかりませんでしたが、すぐに気づきました。廊下がいつもよりずっとすっきりしていたんです。床にあなたの靴もなければ、壁にあなたの上着もかかっていませんでした。それにあの紺色の折り畳み傘もなくなっていました。まずは驚きました。わけがわからず、あなたが大掃除をしたのか、それとも古物をゴミに出したのか、なんて思いました。

でもドアを閉めたら、目に入ったんです。ドアの後ろの壁にかかっていた、ルーマニアの風景の写真がなくなっているのが。（あなたがパウルとルーマニアに行ったときに撮った写真です。写っていたのは、野菜を山積みにした木の荷車を押して野道を行く歯のない老女。小さな猫が一匹、ズッキーニの上に座っていて、背後には広々とした緑の景色が広がっていました。）あの写真がなくなっていて、壁には白い四角形の跡があって、光を放っていました。その隣のもう一枚の写真は、まだそこにありました。私がコルシカ島で撮った写真です。海に沈む夕日の。例のピナレロ湾のものです。

つまり、あなたが撮った写真だけがなくなっていたわけです。その瞬間、私は理解しました。少なくとも、予感はしました。それでも、まだ懸命にこう考えようとしていました。クサヴァーは、あの写真のための新しい額を買いにいってるのかもしれない。そうじゃなければ、あの写真がもう気に入らなくなって、壁から外したのかもしれない。台所へ行くと、そこはいつもどおりでした。なにもなくなっていない、と思ったのもつかの間、やはりなくなっているものがあることに気づきました。あなたが毎日使って、流し台に置いておくコーヒーカップです。私たちが食器洗浄機に食器を入れるのは、いつも夜になってからでしたから。あの日あなたは、毎朝決して欠かさなかったコーヒーを飲む時間もないほど、急いで家を出たんですか?

居間の本棚も、恐ろしいほど空っぽに見えました。あなたの本が全部なくなっていましたから。それにあなたのＣＤも。それから、ふたりで使っていた書斎からは、あなたの机と回転椅子《いす》、それに新しい棚がなくなっていました。私の机と私の棚は、ぽつんと残されていました。半分だけ完全に空っぽになった部屋でした。寄せ木張りの床は、机が置いてあった場所だけ黒光りしていました。寝室も、ベッドのあなたの側だけ空になっていて、アパートの鍵がナイトテーブルの上に置いてありました。説明を書いた紙切れ一枚なく、ただ鍵だけ。

これが、あなたのことを思い出すときに私の目に浮かぶ光景です。あの寄せ木張りの床の黒い四角形。あれからも長いあいだ、あれを見るたびに、あなたの卑怯《ひきょう》な引っ越しを思い出しました。私がそれ以上耐えられなくなって、インスブルックへ引っ越すまでの、長いあいだです。

マティルダ

追伸
あの南ティロル人の名前はルイジではなく、クルトです。それに、そもそも南ティロルではなく、シュタイアーマルク出身でした。それから、私たちがピナレロに行ったのは一九八七年で、一九八六年ではありません。

十三分後
差出人：クサヴァー・ザント
宛先：M・K

最愛のマティルダ
あの追伸は、まさに君らしいよ。いつだって君は僕より記憶力がよくて、おまけにいつだってそれを僕に思い知らせてくれた。十五年間ずっとね。
それから、僕はあれから何日か後に、君に詳細な手紙を書いて送ったじゃないか。僕があんなことをした理由――本当にもうどうしようもなかったんだ‼――は、そこで詳しく説明したはずだ。
クサヴァー

追伸
いまだにワークショップの日程をもらってない。

一時間後
差出人：M・K
宛先：クサヴァー・ザント

クサヴァー
あなたがあんなことをした理由を――なるほど、「詳しく」ね！――説明したという長い手紙ですが、私は受け取った覚えがありません。あなたはそんな手紙なんて書かなかったんでしょう。自分でも知っているはずです。あなたが出て行ったあと、私は長いあいだとても苦しみました。人生を立て直すのに、何年もかかりました。

マティルダ

追伸

私たちが付き合っていたのは十五年間ではなく、まるまる十六年間だということだけは、どうしても言わずにいられません。ワークショップの日程は、三月五日から九日でどうでしょう。

送信日：2012年1月12日
差出人：クサヴァー・ザント
宛先：M・K

マティルダ

あのときは、状況が状況で、ああするしかなかったんだ。そのことは別れの手紙にちゃんと書いた。手紙が届かなかったのは残念だ。でも本当に書いたんだよ。僕が手紙を書かなかったなんて非難はあんまりだ！　傷つくよ。

それから、悪く取らないでほしいんだが、君が書いた「人生を立て直すのに、何年もかかりました」っていう文章は、ちょっと大げさすぎやしないだろうか。毎日のように、無数のカップルが別れている。別れはもはや人類の日常と言っていいくらいだ。ひとつの関係を終わらせて、新しい関係を始めるのは、ごく普通のことだ。

まあ、いずれにせよ、こんなくだらないささいなことで喧嘩《けんか》するのはやめよう。もう全部、ずっと昔のことじゃないか。君に再会するのが本当に楽しみだよ‼

クサヴァー

追伸

三月五日から九日なら完璧《かんぺき》だ！

送信日：2012年1月14日
差出人：M・K
宛先：クサヴァー・ザント

クサヴァー

あなたに我が校に来てほしいかどうか、正直よくわかりません。

マティルダ

六分後
差出人：クサヴァー・ザント
宛先：M・K

親愛なるマティルダ
ガキみたいなことを言わないでくれよ‼　ふたりとも大人——それも、ずいぶんいい歳の——じゃないか‼　これだけ長い時間がたった後で、久しぶりに会えるなんて、本当に楽しみでしかたないよ！　君には、僕にもう一度会ってみたいっていう好奇心はないのか？　僕たちが偶然——いや、これは運命だと僕は確信してる——また出会うことができたなんて、いまだに信じられないよ。素晴らしいじゃないか‼
心から
クサヴァー
送信日：2012年1月15日

差出人：M・K
宛先：クサヴァー・ザント

クサヴァー
了解しました。では三月五日から九日ということで。ワークショップに参加する生徒たちに関して、なにか必要な情報はありますか？　たとえば、参加人数、年齢、愛読書など？　なにか私のほうからそちらに送るべきものはありますか？
マティルダ

十一分後
差出人：クサヴァー・ザント
宛先：M・K

親愛なるマティルダ
懐かしくてたまらないよ。君のその徹底した実務主義、エネルギー、仕事に対する情熱、勢い！　君になにかを求めるつもりなんてない。僕はただ再会したいだけなんだ。（本当に、どうにかなりそうなほど楽しみだ‼）それに――再会前にメールを交わせるかな？

その日程は僕にとっても都合がいい。それから、生徒に関する情報はいらない。ぶっつけ本番で生徒たちのなかに飛び込んでいけると思う。それじゃあ、三月四日の日曜日に！　あとほんの六週間だ‼　ホテルに行く前に、君のところへ寄ってもいいかな？

クサヴァー

追伸

ふたりで話をするのは、きっと君にとってもいいことだと思う。いろいろなことがはっきりするよ！

マティルダとクサヴァー

物心ついたころから、マティルダは自分の家庭を築きたいと思っていた。

子供時代にも、思春期にも、白昼夢にこんな場面を思い描いたものだ――日の長い夏の夕べ、マティルダは夕食を作っている。子供たちが手伝っている。延々と陽気におしゃべりしながら。夫が帰ってきて、妻と子供たちを愛情たっぷりに抱きしめ、その後みんな揃《そろ》って、太陽の光がさんさんと降り注ぐテラスで夕食を取る。それぞれがその日一日の出来事を語り、みんなが幸せで、すべてが完璧。

マティルダはこの小市民的な夢を、友人たちには慎重に隠していた。大笑いされるのではないかと心配だったからだ。ときは七〇年代、女は職業上のキャリアを積むことを目指すべきとされた時代だった。もちろんマティルダは、職業上のキャリアを積む夢も持っていた。専業主婦として生きる自分の姿は、想像もできなかった。すべてを手に入れるつもりだった。将来の自分の生活を――職業上の成功や、子供の誕生日パーティー、スキー旅行、学校の保護者会などを――夢に思い描いた。なにより夢見たのは、万能で、すべてを調整し、愛情たっぷりに切り盛りし、見守る自分、家庭の中核である自分の姿だった。そんな夢を思い描くとき、マティルダの頭にあったのはたったひとつの思いだった――すべてを自分の母よりもうまくやること。

十八歳から三十歳までは、自分の家庭を築くというマティルダの夢は、子供時代や思春期ほど強くはなかった。その夢は、マティルダの胸の奥でほどほどにおとなしく眠っていた。マティルダは勉強や仕事や恋愛で忙しかったのだ。十八歳で大都会へ出て、大学生活を始めた。二十二歳でクサヴァーと知り合い、言葉にできないほど激しい恋をして、二年後にふたりでアパートを借りて同棲《どうせい》を始めた。教師の仕事が楽しかったので、急ごうとは思わなかったが、いずれはクサヴァーと家庭を築きたいという思いは、常に抱いていた。絶対に子育てがしたかったし、子供たちを通して、生の躍動――それは、マティルダひとりではなかなか身を委《ゆだ》ねる勇気の出ないものだった――を感じたかった。

三十歳の誕生日を迎えたころ、子供を持ちたいという願いはゆっくりと目を覚まし、それからの数年で、行動と思考のすべてを支配する激しさで暴れまわり、マティルダを麻痺《まひ》させた。クサヴァーは子供を持つことを頑強に拒んだ。まだ家庭を築くには未熟だと感じていたからだ。クサヴァーは、自分がそもそも家族を養える状態になるまで待ってほしいと、繰り返しマティルダをなだめた。友人や知人のほとんどが、家庭を築き始めた。ふたりは一年に何度も、婚約パーティー、独身さよならパーティー、結婚式、子供の洗礼式などに招かれた。そんなときクサヴァーは、退屈そうな顔でマティルダの隣に座っていた。クサヴァーはそういった祝いの場を毛嫌いしていた。一方マティルダのほうは、羨望《せんぼう》と嫉妬《しっと》にまみれて主役を見つめていた。花嫁や、新生児の母になるためなら、なにを差し出しても惜しくはなかった。そう、マティルダの夢は陳腐で月並みなものだった。真っ白でふわふわのレースのドレスで祭壇へと歩む自分。控えめな化粧、優雅に結い上げた髪、手袋をはめた手にはバラのブーケ。友人たちに輝く笑みを向けて……そう、笑いたければ笑うがいい。それが私の夢。女なら誰でもそうじゃない？　だが一方、そんな夢を抱く自分をクサヴァーが軽蔑《けいべつ》していることも、マティルダは知っていた。

三十五歳になると、子供を持ちたいというマティルダの願いは、気が狂うのではないかと思うほど強くなった。街の通りを歩いたり、勤務先の学校へと自転車をこいだり、買い物に出たりするたびに、いたるところで子供の姿ばかりが目に入った。文字通り、目に飛び込んでくるのだ。ベビーカーに乗った幼い子供や赤ん坊。巨大な腹を誇らしげに突き出して歩く、まもなく母になる女たち。たくさんの人に見られているときに限って妻の腹に手を当てて、自慢げに微笑《ほほえ》む男たち。

クサヴァーは徹底して抵抗した。そして、マティルダがピルを飲むのをやめると、几帳面《きちょうめん》にコンドームを使うようになった。セックスの際には、それがマティルダの生理が終わった日であろうと、生理の前日であろうと、毎回必ず、ことの最中に中断が訪れた。クサヴァーは決して危険を冒したくなかったのだ。だから、絶頂に達する直前、うめき声をあげつつマティルダから体を離し、起き上がると、どこに隠してあったのか、するりとコンドームを取り出して、細心の注意を払いながら、もたもたと装着した。

隣に横たわり、そんなクサヴァーを見つめるマティルダは、その間抜けな光景に憎しみさえ抱いた。脚を開いて投げ出し、ぐっと猫背になってベッドの上に座り、ひたすら下を向いて、鼻先をペニスの先端ほんの二十センチほどまで近づけたクサヴァーの姿。だが本人はあまりに集中しきった、忘我の境地といった表情で、額には皺《しわ》が寄り、舌先が口から覗《のぞ》いて見えることも稀《まれ》ではなかった。一度など、クサヴァーは鼻風邪《はなかぜ》を引いていて、鼻水が垂れ始めたというのに、コンドームとその正確な装着のほうを重要視するあまり、ついに鼻水が一滴、ゴムに包まれたペニスのまさに先端に落ちたこともあった。クサヴァーは、永遠とも思える時間をかけてコンドームをいじくりまわした。手際がいいとは言い難かった。十年以上、マティルダがピルを飲むことで、クサヴァーにコンドームを着ける手間を省いてやっていたからだ。それに、そもそもクサヴァーは手先が器用ではなかった。大工仕事や手仕事をやってのける手先の器用さが自分にいかに欠落しているかという話題で、しょっちゅう友人たちに冗談を飛ばしたものだ。だがそれでもクサヴァーは、コンドームを先端まで皺ひとつなく装着するまで諦《あきら》めなかった。万が一にも途中でずれたり、ましてやマティルダの体内で外れたりすることがあってはならないというわけだ。装着を終えると、クサヴァーは少しばかり当惑したような笑顔でマティルダのほうに向き直り、それ以上時間を無駄にせず、なかに押し入ってくる。だが、そこからクサヴァーが絶頂に達するまでの時間は、たいていの場合、コンドームを装着するのに使った時間よりも明らかに短いのだった。

マティルダは、コンドームを探し始めた。針で穴を開けるためだ。テレビの三流コメディドラマから得た知識だった。ところが、何度家中をひっくり返して探してもコンドームは見つからず、自分の家だというのに、物の隠し場所を自分がすべて把握しているわけではないという事実に、腹が立った。毎回、セックスのたびに、クサヴァーはどこからかするりとコンドームを取り出す。

まるで、好きな場所にウサギを出現させて見せるマジシャンのように。

ベッドのなかで、マティルダはあらゆる手を使った。恋に夢中なようすや欲情しているようすをこれでもかと装い、クサヴァーを体内に留《とど》めておこうとした。煩わしい中断をさせないように。絶頂前に中断する隙《すき》を与えず、クサヴァーがそのままマティルダの中で射精せざるを得なくなるように、両脚をしっかりとクサヴァーの体に絡みつけた。だが、その他の点ではいい加減で根性もないクサヴァーは、しがみつくマティルダから、毎回頑固に体を離すのだった。

そこでマティルダは今度は、自分のほうが手先が器用だと、クサヴァーを説き伏せにかかった。あなたは私に任せて、のんびり寝転んでいればいい、と。そうなれば、ゴムに破れ目ができるか、穴が開くまで、長い爪でいじることができると考えたのだ。そのために爪をかなり長く伸ばしさえした。だが、どうしてもうまくいかなかった。クサヴァーは、ペニスに手を触れさせてさえくれなかった。まるでマティルダの考えを読み取ったか、または男どうしでこの問題について話し合い、助言をもらったかのようだった。

マティルダの体じゅうが、妊娠したいと叫んでいた。月経周期の半ばにさしかかると、排卵するのを感じ、子宮内膜が厚くなっていくのを感じた。下半身に引きつれるような感覚があり、乳首がいつもより固くなったような気がするうえ、その時期は常に欲情していた。体内にある大きさ三センチのぬるぬるした卵が、小さなオタマジャクシと取っ組み合う夢を見た。巨大な自分の腹を、出産の瞬間を、そして小さくてべとべとした生き物を腕に抱くところを夢見た。クサヴァーそっくりの少年が、いきなり砂場から這《は》い出たと思うと、こちらへ駆け寄ってきて、汚れた手でマティルダの膝《ひざ》によじ登り、猛烈な勢いでマティルダに抱き着き、キスをして、ママは世界一のママだよ、と言う光景を夢見た。ときには、実際に公園に足を踏み入れ、ベンチに座って、子供を連れた母親たちを観察した。一度など、若くて美しい女とその二歳の息子を見ているうちに湧《わ》きあがった感情に圧倒されるあまり、めまいに襲われて、ベンチに横にならざるを得なかったことさえあった。その場にいた女たちがみんなで介抱してくれて、マティルダは妊娠三か月なのだと嘘をついた。

生理がほんの少しでも遅れると、マティルダは毎回、妊娠したに違いないと思った。そんなはずがないことはわかっていたが、それでも、コンドームが破れていたのかもしれない、または、コンドームを着ける前に、特別に元気のいい精子がもう体内で泳ぎ始めていたのかもしれないという希望が勝った。そんなとき、マティルダは鏡の前に立って、平らな腹をなでながら、妊娠初期に現れるあらゆる症状を自覚した。不規則に速い鼓動、疲労感、下腹の引きつれ、吐き気、軽い痛みのある突っ張った乳房。だがやがて出血が始まり、真実が白日のもとにさらされる。そしてマティルダは、何日も重いうつ状態に苦しむのだった。クサヴァーは、そんなマティルダを救おうとしてはくれなかった。

マティルダとクサヴァーの十六年ぶりの再会

クサヴァー　やあ、久しぶりだね。マティルダ。
マティルダ　クサヴァー。
クサヴァー　すごくきれいだ！　ワオ！　すっかり見違えたよ！
マティルダ　ありがとう。入って。――コーヒーは？
クサヴァー　いただくよ。
マティルダ　道は混んでなかった？
クサヴァー　大丈夫だったよ。がらがらだった。――いつからここに住んでるの？
マティルダ　十五年前から。ええと――一九九七年のイースターから。
クサヴァー　なんとも素敵な家だね。
マティルダ　もう忘れちゃった？
クサヴァー　え、この家を、僕が知ってたってこと？
マティルダ　ここ、伯母《おば》のマリアの家よ。私に遺《のこ》してくれたの。伯母のこと、憶えてない？　一度、ふたりでここに来たことがあったんだけど。

クサヴァー　ああ、あれはここだったのか？
マティルダ　そう、この家だったの。でも何年か前に改修した。歳取った伯母さんのことをずっと思い出してばかりなのが嫌で。それに、伯母の不幸な恋愛のことも。家の中、お見せしましょうか？
クサヴァー　うん、ぜひ。――感動だよ。部屋はどれもすごく広くて明るくて。君にとっては大事なことだったもんな。それに内装の趣味もいいね！　本当に住み心地のよさそうな家だ。
マティルダ　家はふたつ目の皮膚だ。憶えてる？
クサヴァー　（笑って）逆に車は、実用的な道具に過ぎない。
マティルダ　地下室と待避壕《たいひごう》は明日見せるわ。さ、まずはコーヒーにしましょう。
クサヴァー　待避壕？
マティルダ　マリア伯母さん、チェルノブイリの原発事故の後で、待避壕を造らせたの。あの事故のこと、とてつもなく深刻に受け止めて、測定機を持ってその辺を走り回っては、放射線量を測ってばかりいた。事故のニュースがテレビで流れた日には、スーパーへ行って、牛乳を全部買い占めて、家で冷凍したんだから。
クサヴァー　ふう、コーヒーで生き返ったよ。――でも伯母さん、どうしてそんなことしたんだろう？
マティルダ　原発事故の後は、牛が食べる草は放射線まみれになるからってことだった。――ケーキは？

クサヴァー　ありがとう、ぜひ。なんとまあ、滑稽《こっけい》だな。
マティルダ　待避壕は自分で設計して、建設を依頼したんだから。一年かけて、土を掘り返して造ったの。近所の人たちは、伯母のこと、完全におかしくなったと思ったみたい。お金に糸目はつけなかったのよ。狭くて暗い部屋なんかじゃなくて、地下にあるっていうだけで、ちゃんとした住まいなの。玄関に、リビングキッチン、寝室、バスルーム、それに完璧な照明システム。チェルノブイリの後に新しい原発事故が起こらなくて、伯母、すごくがっかりしてた。
クサヴァー　ところで、そのマリア伯母さんの不幸な恋の相手って誰？
マティルダ　そんな話、本当に聞きたいの？
クサヴァー　うん、もちろん。
マティルダ　伯母が私にその話をしてくれたのは、九六年のクリスマスだった。十二月二十五日だっていうのに、太陽が出ていて明るい日だったから、私たち、外のテラスに座って話した。庭じゅう雪が積もってて、バラが一輪だけ咲いてた。そうね、ほんとにキッチュな光景。歳を取った伯母が、紅茶と手作りのクッキーを出してくれて。ティーセットは百年は昔のものだった。とにかく、なにもかもが非現実的な印象だったわ。そのときに私、初めて安らかな気持ちになれたの。あのことがあってから――
クサヴァー　いやあ、このケーキ、ほんとにおいしいな。――ごめん、続けて。伯母さんの恋の相手って？
マティルダ　戦争の後のことよ。伯母は当時二十四歳で、フランス占領軍の兵士と知り合った。

ジャンっていう名前の医学生。ニースの高名な医師一族の息子だった。ふたりは四年以上付き合ったのよ。マリア伯母は、ジャンと一緒に彼の故郷に行こうって決意して、ジャンは隊に退役願いを出した。故郷への旅の計画はできてて、もう全部決まってた。ジャンが迎えにくることになってた夜、伯母は両親の家の庭にトランクを置いて、その上に座って、ジャンを待ったの。近所中の人が、カーテンの後ろからこっそり伯母を見ていたそうよ。でもジャンは、一晩中待っても現れなかった。

クサヴァー　それから二度と現れなかったの？

マティルダ　そう。次の日、伯母はジャンの友達や同僚に訊いてまわったの。そうしたら、ジャンは計画していた日の一日前に、大慌てで旅立ったって言われたのよ。父親が危篤だって言ってたそう。

クサヴァー　でも、伯母さんはジャンに手紙を書いたんだろ？

マティルダ　何通もね。でも返事は一度も来なかった。

クサヴァー　そいつの故郷へ追いかけてはいかなかったのか？

マティルダ　私もそうすればよかった？

クサヴァー　マティルダ——

マティルダ　なに？

クサヴァー　僕たちの場合は、事情がちょっと違っただろう。

マティルダ　へえ、そう？　——でも、どうして伯母が追いかけていかなきゃならなかったの？

ジャンが伯母と一緒に人生を過ごす気がないのは、わかりきってたじゃない。
クサヴァー　悲しい話だな。でも、君はそれまで知らなかったのか？
マティルダ　そうなの。父は一度もそんな話はしてくれなかったし。マリア伯母はね、その後、自分のモードサロンを開いたの。裁縫士の免状を持ってたから。それからは、お客さんのためだけに生きて、二度と恋はしなかった。結局、厳しくて裕福なビジネスウーマンになった。
クサヴァー　伯母さんは、財産も君に遺してくれたの？
マティルダ　ううん。お金は〈ＳＯＳ子供村〉に寄付したわ。私がもらったのは、この家。だから私、別に裕福じゃないの、そういう意味の質問なら。改修工事のローンだって、いまだに払ってるんだから。
クサヴァー　でも、伯母さんはどうして、友達だとか、長年の従業員みたいな、この町に住んでた人じゃなくて、君に家を遺したんだろう？　君たち、ほとんど付き合いがなかったじゃないか。そもそも、人生で何度くらい会った？　せいぜい十回だろう？
マティルダ　私に連帯意識を抱いてくれたのよ。私も恋人に捨てられたから。――とにかく、マリア伯母は、私が訪ねていった二か月後に亡くなったの。眠りこんで、そのまま。化粧をして、一番いいスーツを着て、ハイヒールを履いて、朝ご飯を食べてたときに。近所の人がちょうど伯母を迎えに来て、見つけたの。ふたりで一緒に美容院に行く予定だったんですって。
クサヴァー　素敵な死にざまだな。
マティルダ　弁護士が遺言状を読み上げた瞬間にはもう、私、この家は売らないって決めてた。

はっきり思ったの。ここに住みたいって。それで、イースター休暇に引っ越した。
クサヴァー　それで、すぐにいまのギムナジウムに就職が決まったのか？
マティルダ　そう、すぐに。いい学校で、同僚もみんなとてもいい人。仕事は楽しい。明日になったらあなたもわかるわ。国語教師はみんな、あなたに興味津々《しんしん》よ。それに、創作ワークショップに申し込んだ生徒たちも、すごく楽しみにしてる。ほとんどの子は、私たちの三部作を読んでるから。
クサヴァー　「私たちの三部作」？
マティルダ　『天使の翼』、『天使の子』、『天使の血』。
クサヴァー　なあ、暖炉の上にあるあれ、本物のピストル？
マティルダ　そうだけど。
クサヴァー　どうして自宅にピストルなんて置いてるんだ？　このあたり、治安が悪いとか？
マティルダ　ううん。あれは伯母のものだったの。見てみたい？　ジャンが婚約の印に贈ったものなの。私が住むためにこの家を片付けたとき、どうしても捨てられなくて。伯母が持っていたジャンの思い出は、何枚かの写真を別にすれば、このピストルだけだったから。伯母はそれはそれは大事にしてた。
クサヴァー　種類は？
マティルダ　ワルサーのモデル９。
クサヴァー　そのジャンってやつが、婚約の印にピストルを贈ったってこと？

マティルダ　そう。伯母が、指輪の代わりにピストルが欲しいって言ったの。当時、伯母の以前の求婚者がね──それが筋金入りのナチだったんだけど──、占領軍の兵士と付き合ってるってことで、伯母を追いかけまわして、脅してたのよ。だから伯母は、ジャンに言ったの。「私に指輪を贈ろうなんて考えないで。私が欲しいのはワルサーだから」って。ピストルがあれば、少しは安心だったのね。

クサヴァー　ピストルを手にしてる君って、なんだか不思議な眺めだな。なんというか、まったく似合ってない。──いや、違うな、似合ってるよ。ピストルを持つと、君はまったく別の人間になる。なんだか運命の女《ファム・ファタル》みたいだ。そもそも、昔とはまったく別人だよね。

マティルダ　持ってみて。

クサヴァー　いや、やめとく。──復讐《ふくしゅう》のために僕を撃ち殺そうとか思ってる？

マティルダ　（笑って）撃ち殺してほしいの？

クサヴァー　マリア伯母さんは、きっと使ったね、そのピストル。

マティルダ　地下室で藁《わら》人形を撃ってたかもね。ジャンにそっくりの。

クサヴァー　いや、本物のジャンを撃ち殺したんだよ。僕にはわかる。一年間、手紙の返事を待ち続けた後、列車でニースへ向かったんだ。夜中にジャンの家に行って、呼び鈴を鳴らす。赤い絹のモーニングガウンを着たジャンがドアを開けると、マリアは彼を射殺する。そのときのマリアは、ゾロみたいに黒いつば広の帽子をかぶって、長いマントを着ていたんだ。彼女を見た者はいない。マリアは次の列車でオーストリアへ帰る。ニースでは事件はいまだに未解決。

一度調べてみるといい。
マティルダ　あなたの次の小説はそれで行けそうね。そうそう、小説といえば――はかどってる？　その話が聞きたいな。
クサヴァー　君のほうでも、僕に物語を聞かせてくれるならね。
マティルダ　昔みたいに？
クサヴァー　そう、昔みたいに。僕は君に、いま書いてる小説のことを話す。君も僕に、物語を語って聞かせる。なにか頭のなかにある？
マティルダ　……もうずっと前から。
クサヴァー　完璧だ！　じゃあ君から始めて。

マティルダとクサヴァー

一九九四年五月二十三日、ふたりが付き合い始めてちょうど十四年たった日に、クサヴァーは——子供が欲しいというマティルダの望みをめぐって喧嘩した後、酔っぱらって——ノートにこう書いた。

「毎月一週間、彼女が常に、必ず、四六時中セックスをしたがる時期がある。その週の彼女はまったくの別人で、機嫌がよく、愛情深く、気が利く。喉《のど》をごろごろ鳴らしながら僕の周りをうろついて、セクシーな服を着たりする。いざセックスをすれば、こっちはどんなことでもし放題。彼女は、普段なら屈辱的だって拒否するようなどんな奇抜な体位も受け入れてくれる。恋人がよきセックスパートナーであろうとがんばっているんだから、と思って、僕のほうも雰囲気をぶち壊さないように調子を合わせはするんだが、なんだかうまい汁を吸うクズになったような気がする。まったく、人っていうのは、子供が欲しいっていうその一念だけで、どれだけのことを成し遂げられるものか、とても信じられない。僕に言わせれば、そもそも一夫一婦制自体を廃止するべきなんだが。それほど賢い人間でなくたって、付き合ってだいたい七年もたてば、パートナーとの週末セックスがどれほど間抜けなものになるか、わかりそうなものだ。互いになじみのありすぎる二つの顔が、かなりの大声で達したふりをした直後に、なんと本物のオーガズムに達したという理由で、びっくりして見つめ合ったり。体と体の冷たい取っ組み合いには、尊厳もへったくれもあったもんじゃないし、そもそも性行為がもたらす効果なんてなにもない――いや、ときには子孫をもたらすことがあるな。とはいえ僕は、それを妨げる方法を知っている。僕は繁殖なんてしたくない。十八年かそれ以上も、万力に挟まれたまま生きるなんてまっぴらごめんだ。自分以外の生き物に対する責任なんて負うつもりは毛頭ない。自分自身に対する責任を負うのだって難しいっていうのに。どんどん伸びる自分の鼻毛にさえ責任なんて持てやしない。ところがマティルダのほうは、大喜びで責任を負いたがっている。マティルダの全存在は、責任感で成り立ってるようなものだ。彼女はどうしても僕の子供が欲しいらしい。子供はマティルダにとって、「満ち足りた人生」に欠くことのできない要素だ。満ち足りた人生――なんともおぞましい響きじゃないか。なんだか、満ち満ちた人生のなかで溺《おぼ》れ死にしそうだ。幸せと、満ち足りた長い人生なんてものを信じて、快活で充実した日々を送りたいなんて思うやつらは、哀れとしかいいようがない。そういうやつらは、自分たちのあらゆる行為を人に見せびらかしたくてたまらないもんだから。私がどれだけ自分の人生をしっかり舵取《かじと》りしてるか、見て！　俺がどれだけ活動的で勤勉か、見てくれ！　一日中、自分のことばかりがなり立てる「ターボ人間」ども。朝から晩まで、俺ってすごい、仕事だろうと家庭だろうと、どんな困難も軽々と乗り越えるんだ、俺はすごく料理がうまい、俺はこんなにスポーツマン、私にはこんなに友達がいる、退屈なんてしたことがない、云々《うんぬん》。やつらにとっては、コップの水は常に「半分いっぱい」で、決して「半分空《から》」じゃないってわけだ。それにしても、なんとも愚かな言い回しじゃないか。きっと生きる意欲に溢《あふ》れた人間どもが、人生に倦《う》み疲れた人間たちに見せつけるために考え出した文句に違いない。どうして君は、コップが半分空だと考えるんだい？　そんなことを言うやつらの頭に、そのコップを叩《たた》きつけてやりたい。やつらはものごとを美しく色付けする名人だ。だけど僕は、美しく色付けすることなんかできない。僕にとっては、すべてはありのまま、要するに、惨めで無意味なものだ。そんなものにしがみついたりはしない。ただ、書くことによってなんとか耐えているだけだ。といっても、自殺しようなんて考えたことは一度もない。どうせなんの価値もないものを、どうしてわざわざ苦しい思いまでして終わらせる必要がある？　僕はどうして人生に嫌悪感を抱くのか？　それは、人生が他者なしでは成立しないものだからだ。そう、まさにそこなんだ。人間っていうのはあまりに人間的で、そこが気味が悪い。どうして人間は人間的であらざるを得ないんだろう。どうして、ただ単に人間であるだけでは足りないんだろう？　たとえばマティルダだ。僕が歯を磨いているときに、目の前でトイレに座って糞《くそ》をするのが大好きとくる。毎回、僕がバスルームに行って歯ブラシを手に取るたびに、マティルダはするりと入ってきて、便器に腰かけ、のんびりと大便をする。顔には安堵《あんど》の微笑みを浮かべて、手には新聞を持って。マティルダにとってはそれが、僕たちの親密な関係の象徴ってわけだ。でも僕にとっては狂気にほかならない。母が僕の横で入れ歯を取り出して掃除するのを見るだけで、吐きそうになるっていうのに。同じアパートに住む肥満体の女が、買い物袋を引きずって階段を上がるところに居合わせてしまって、腋《わき》の下の巨大な汗のしみや、喘《あえ》ぎ声、咳《せき》、床に吐く緑色の痰《たん》なんかを目にするはめになっただけでも、絞め殺してやりたくなるくらいだ。末期がんの女生徒を見舞うマティルダに引きずられて病院へ行って、禿げ頭で、向こうが透けて見えそうなほど痩《や》せこけて、頬の落ちくぼんだ黄色い顔の少女が、傷ついた目で横たわっているのを目《ま》の当たりにしたり、新聞で手足を失った戦争捕虜について読んだりすると、思わずバチカンに手紙を書いて、何千年にもわたってやつらが喚《わめ》き散らしてきた、善良で公平な神が存在するなんていう幻想に対する訂正と謝罪を求めたくなる。神については、小学校の宗教担当教師が、こんなふうに言っていたのを思い出す。「この世界の善は、神様が行ったものです。悪が起これば、それは人間自身の責任です」。子供に対して、人間が成し遂げるのは悪のみだなんて吹き込むことほどひどい話があるだろうか。神は人間を創った。とんでもない欠陥品に、あまりに人間的な生き物に。考えてみれば、自然にも人間的なところがある。嵐、雪崩《なだれ》、地震、洪水。ときどき、野原に寝そべって、おぞましい虫が体に這い上がってくるのを見ていると、自然なんてものは全部まとめてコンクリートで埋め立ててしまうべきじゃないかと考えたりする。ある日目が覚めたら、この世に僕ひとりきりだったらいいのに。しょっちゅうそんな夢を見る。そうなれば僕は、この地球でただひとりの人間であるだけじゃなく、最も幸福な人間にもなるわけだ。孤独を恐れたりはしない。それどころか、地球でただひとりの人間になったら、あちこち歩き回って、空っぽの家に忍び込んでは、なかを引っ掻《か》き回すだろう。写真を見て、そこにどんな人間が住んでいたのか、想像する。彼らの生活を思い描いて、さまざまな物語を創り出してみせる。人間なんて必要ない。でも、人間たちの人生の物語は必要だ。でなきゃ書くことがなくなってしまう。つまり、人間が存在しなければ物語も存在しない。それに、人間がいなければ読者もいない。なるほど、確かにそうだ。どうすればこの問題を解決できる？　やっぱり、数百万人の読者が別の惑星に住んでるっていうのが最良の解決策だろう。そうなったら、僕は空っぽになった地球という惑星をほっつき歩いて、他人の人生を漁《あさ》って次々に本を書いてやる。完成した本は順番に、ビーム方式で、人間どもが住む別の惑星に転送される。「転送してくれ、スコッティ！」（アメリカのSFテレビドラマ・シリーズ『スター・トレック』中の台詞に由来する）そして代わりに僕のところには、じゅうぶんな食料と衣類が転送されてくるっていう仕組み。当然、最高級の食べ物と最高級の服だ。それから、半年後には、やっぱりビーム方式で、パートナーが転送されてくる。尊厳もへったくれもない体と体のぶつかり合いも、半年ごぶさたすれば、恋しくなるものだから。転送されてくるこのパートナーは、完璧に僕の好みに合った女だ。僕は彼女を〈フライデー《金曜日》〉と名付ける。彼女が届けられるのが火曜日だろうと関係なく。なんといっても、僕は現代のロビンソン・クルーソーなんだから。フライデーは、腰まである豊かな金髪の下に、いくつかのスイッチを隠し持っている。このスイッチを押すと、フライデーの態度や外見が変化する。態度のバリエーションは、「完全な沈黙」から「最高度の知的な会話」まで幅広い。「ポルノ女優」から「甘え上手」、さらには「貞淑で内気」までなんでもあり。外見に関しても、「ネイティブアメリカン」「イヌイット」「インドネシア人」「アイルランド人」「バービー」、やっぱりなんでもありだ。マティルダにはスイッチがない。マティルダはそのままのマティルダだ。外見だって好きなようには変えられない。十四年前からずっと同じヘアスタイルで、髪の色がほんの少し変わるだけ。マホガニーの赤、さくらんぼの赤、濃い紫がかった赤、ヘンナ染料の赤、錆《さび》の赤、ボルドーの赤、銅の赤。

ニュアンスの違ういろんな赤色を魅力的だなんて思う男が、いったいどこにいる？　そもそもどうして僕は、マティルダと付き合い続けてきたんだろう？　最初は、あの溢れるほどの愛情に感動した。その後は、彼女のエネルギーに圧倒された。彼女の「充実した人生」に。そう、マティルダという人は充実の塊だ。常に忙しくしている。しばらくのあいだは、そんなところが好きだった。彼女の充実した人生を少し切り取って分けてもらいたかった。でもいまでは疲れるだけだ。あの「ほら、人生においてなにが大切か、私にはわかってるのよ」っていう、偉そうな態度。ちなみに、僕にはわかっていない。わかりたいと思った時期もあった。でもいまはそうは思わない。あの、私のほうが充実した人生を送っている、だから私のほうがあなたより優れているっていう、行間からにじみ出る優越感。ところが実際のところ、そんなのは単に金の問題に過ぎない。マティルダは、あらゆる請求書と旅行の金を払えるくらい、じゅうぶん稼いでいる。すなわち、充実した人生っていうのは、金を稼ぐことと同義ってわけだ。僕は本当にマティルダを愛しているのだろうか？　愛っていうのがなんなのか、僕にはわからない。もちろん、これが月並みな決まり文句だってことは自覚してる。でも、本当にわからない。愛というのがどんな感情なのか。いや、待てよ、知ってるかもしれないな。一度だけ、ある感情に圧倒されたことがある。もうずっと昔のことだ。コルシカ島にキャンプ旅行に行ったとき。ある晩、海岸で焚火《たきび》をした。年配の男がギターを弾いた。十人ぐらいが集まってきて、仲間に加わっていた。突然、マティルダが立ち上がって、〈ワルツィング・マティルダ〉に合わせて踊り始めた。――ワルツィング・マティルダ、ワルツィング・マティルダ、お前と一緒にワルツィング・マティルダ、お湯が沸くのを待ちながら、奴は歌った、お前と一緒にワルツィング・マティルダ——マティルダは少し酔っぱらってて、集まった全員の前で踊った。パンツ一丁で。あの瞬間のマティルダは、たとえようもなく美しかった。いつもこんなふうに奔放で大胆だったらいいのにって思った。そのとき、なにかが胸の奥から湧きあがってくるのを感じた。熱と、なにかむずむずする感じ。マティルダは僕のものなんだと思うと、気分がよかった。歌が終わると、マティルダは海へ駆けて行って、戻ってくると、今度は僕を引っ張って海に入った。僕たちは抱き合って、じゃれ合いまくった。ほかのみんなはまだ歌っていた。テントに戻ると、どうにかなりそうな最高のセックスをした。愛とはなにか、僕はかつて知っていたのかもしれない」

再会前にマティルダとクサヴァーが交わすメール

送信日：2012年1月16日
差出人：クサヴァー・ザント
宛先：M・K

親愛なるマティルダ
お互いにメールを書こうよ。僕たちのことを語り合おう――君がそうしたいなら、過去のことでもいいよ。僕はどちらかといえば、君の現在の生活のことを知りたいけどね。まあ、どんなことにせよ、一緒に語って、考えよう。すべてもうずっと昔のことだ。きっとすごく刺激的だと思うよ。どうかな?
クサヴァー

送信日：2012年1月17日

差出人：クサヴァー・ザント
宛先：M・K

マティルダ？　マティルダ⁇　おおい、生きてるか？

送信日：2012年1月18日
差出人：クサヴァー・ザント
宛先：M・K

原始家族フリントストーンになった気分だよ。洞窟《どうくつ》の入口をふさぐ岩の前に立って、絶望的に拳《こぶし》を打ち付けながら、ありったけの声で「ヴィルマ‼」って叫ぶフレッドみたいな気分。マティルダ！　マティルダ‼　マティルダ‼

頼むよ、機嫌を直してくれよ‼　メールをくれよ。どんな暮らしをしてるのか、家族はいるのか、そういうことを教えてくれよ。本当に興味があるんだ。

好奇心ではちきれそうなクサヴァーより

送信日：２０１２年１月19日
差出人：Ｍ・Ｋ
宛先：クサヴァー・ザント

当時、私があなたを訴えるかもしれないという心配はしなかったんですか？　そこまで安心しきって、新しい生活をしていたんですか？

六分後
差出人：クサヴァー・ザント
宛先：Ｍ・Ｋ

どうして君に訴えられる心配なんてする必要があった⁇　僕が君と別れたから？　そんな馬鹿な‼

僕たちはふたりで素晴らしい時を過ごした。やがてその時は終わりを告げた。最後の半年間なんて、ほとんど会話もなかったじゃないか。お互いにどんどん気持ちが離れていって。ふたりとも新しい出発が必要だってことは、わかりきってた。君にだって必要だったんだ。

クサヴァー

送信日：2012年1月20日
差出人：M・K
宛先：クサヴァー・ザント

クサヴァー
私たちの関係は、普通の男と女のものではなかったでしょう。もちろん、男女の関係でもあったけれど、私たちの場合は、もう少し複雑だったじゃないですか！　おまけに、私たちには一種の「ビジネス関係」または「合意」と呼べるものがありました。あなたにもそれはよくわかっていたはずです。そうでなければ、あんなふうに「こっそり」出ていくのではなく、ちゃんと別れ話をしていたでしょう。このふたつのあいだには、大きな違いがあります。別れる前には、そのことをパートナーと「話し合う」べきです。

二分後
差出人：クサヴァー・ザント
宛先：M・K

「ビジネス関係」だとか「合意」だとか、いったいなんのことだかさっぱりわからない。

送信日：2012年1月21日
差出人：クサヴァー・ザント
宛先：M・K

返事をくれよ！ 「ビジネス関係」、「合意」ってなんだ??

五時間後
差出人：クサヴァー・ザント
宛先：M・K

金の話なのか??

送信日：2012年1月23日
差出人：M・K
宛先：クサヴァー・ザント

あなたと違って、私はお金や成功を求めたことはありません。一度も！　私が心の底から求めていたものがなんだったのか、あなたは知っているはずです。それを、あなたは出版社から承諾の返事が来たのをふたりで祝ったあの晩、私に約束してくれました。「天使三部作」は、私たちが一緒に書いたものです。でも、ふたりで話し合って、共同執筆者として私の名前を出すのはやめることにしましたよね。出版社が嫌がったからです。その代わりに、私には欲しいものがあった。私たち、誓いの印として、握手とキスまでしましたよね。あれは、私たちのあいだの契約だったじゃないですか！　その後のことは、私にとってはただのありふれた男女の別れではありませんでした。あれは、あなたの卑怯な無断逃亡でした。おまけに「契約違反」でもありました。

送信日：2012年1月24日
差出人：クサヴァー・ザント
宛先：M・K

すごくぼんやりとではあるけど、あのときのことは憶えてる。ふたりともかなり飲んでなかったか？　僕の目から見ると、あのときふたりでした話は、「ビジネス契約」とはまったくなんの関係もない。それに、あの夜の後、僕たちの関係には本当にすごくいろいろなことがあった。だから僕にとっては、別れのほかに選択肢がなかったんだ。

送信日：2012年1月25日
差出人：M・K
宛先：クサヴァー・ザント

「あの夜の後、私たちの関係にあったすごくいろいろなこと」とはなんですか？　あなたが奥さんと出会ったこと？　奥さんに出会ったのはいつですか？　あの夜の前？　それとも後？

二十分後
差出人：クサヴァー・ザント
宛先：M・K

彼女はもうずいぶん前から「元妻」だよ。最初に会ったのがいつかなんて、もう憶えてない。全部、大昔の話で、いまさらどうでもいいことだ。過去をほじくり返すのはもうやめよう！

クサヴァー

追伸
君は結婚してる？　家族はいる？

2012年1月27日
差出人：M・K
宛先：クサヴァー・ザント

私にとっては重要なことです。私がどんなに苦しんだか、あなたには想像もつかないでしょう。あなたが出ていってからほんの一、二週間後に、彼女のところに引っ越したと知ったんですよ。彼女にいつ、どこで出会ったのか、いつ付き合い始めたのか、ぜひ教えてください。過去のことを語り合おう、一緒に考えようと言ったのはあなたのほうです。それに、あなたには私に話すだけの借りがあると思います。

マティルダ

四分後
差出人：クサヴァー・ザント
宛先：M・K

わかった、話す。ただ、今日はこれからすぐに出かけなきゃならないから、また今度。おやすみ！

クサヴァー

追伸
君にまた会えるのが、本当に気も狂いそうなほど楽しみだ！　最初は、お互いに最近の写真を送り合ったらどうかと思った。でもやっぱり考え直したよ。君に僕の写真を送ったりはしないし、僕も君の写真を見たくはない。お互いに好奇心とわくわく感を募らせておこう。じゃあ三月にインスブルックで！

マティルダとクサヴァー

マティルダがクサヴァーに出会ったのは、一九八〇年の五月、世紀転換期の文学についての講義でのことだった。五番大教室はとても蒸し暑く、自信のなさそうな赤毛の教授が、講義の冒頭で、エアコンが故障していることを謝った。だが、だからといって休講にするわけにはいかなかったという。マティルダのTシャツとジーンズは肌に貼《は》りつき、汗の滴が腋の下から腰まで静かに流れ落ちていた。できればスニーカーを脱ぎ捨てたいところだったが、足と靴が――お互いに離れればなれになれば――不快な臭《にお》いをまき散らすのではないかと不安だった。

自分が臭《くさ》いのではないかという不安に、マティルダは常に怯《おび》えていた。口や足や恥部ばかりでなく、肌さえもがかび臭い匂いを発して、周りの人に嫌悪感を与えているのではないかという不安だ。それはノイローゼのようなもので、特に大学の講義室で襲われることが多かった。悪夢のような場面が頭に浮かぶ――席に座って講義を聴いていると、周りの学生が全員、鼻をつまんで、顔をしかめながら、ちらちらとこちらを見る。やがて彼らは、ひとり、またひとりと講義室を出ていく。このノイローゼの由来は、自分でもよくわかっていた。マティルダは、生まれ育った狭苦しい社会福祉住宅の悪臭が、まだ体に染みついているのではないかと恐れていたのだ。

教授が棒読みで講義を始めてから十分後——教授は、丁寧に準備した原稿を本当に一言一句たがわず棒読みし、書かれていないことは一文たりとも口にしなかった——、講義室のドアが開いて、こげ茶色の髪のすらりと背の高い学生が、こっそりと入ってきた。マティルダは即座にその学生に惹かれ、目を離せなくなった。ドイツ語圏文学科に男子学生は多くない。そして、その数少ない男たちは、少なくともマティルダの目には変人に見えた。全身真っ黒ないでたちで、髭《ひげ》を生やし、長髪で、地面まで届く長いコートを着て歩き回る男たち。だが、そのとき講義室に入ってきた男は、胸がすくほど普通だった。なんの文字も書かれていない緑色のTシャツ、ジーンズ、白いスニーカーという恰好《かっこう》で、リュックサックも鞄《かばん》も持っていない。

その男は、マティルダの座っている列へとやってきて、マティルダの二つ隣にどさりと腰を下ろした。そしてこちらに微笑みかけた。マティルダはその頬のえくぼを取り憑《つ》かれたように見つめた。しばらくして、教授がシュニッツラーの『輪舞』を朗読し始めると、男はマティルダのほうに身を乗り出して、こうささやいた。「紙とペン、貸してくれないかな?」

「もちろん」マティルダはもごもごと答えて、鞄のなかをかき回し始めた。教授が朗読を中断して、マティルダに目を向け、マティルダは顔がほてるのを感じた。男に紙とボールペンを手渡すと、男はもたもたと不器用に受け取り、ノートを取り始めた。それまでは、ただじっと聞きながら指で机をとんとんと叩いているばかりなので、マティルダはなんだか落ち着かない気分になっていたところだった。マティルダ自身は、六月初旬には教授の講義原稿を秘書室で買うことができると知ってはいても、熱心に自分でノートを取っていた。

講義の終わりに、男子学生は輝くような笑みを浮かべてお礼を言いながら、マティルダにボールペンを返し、これから一緒に学食で昼を食べないかと誘ってきた。マティルダは少しもためらうことなく承諾し、その瞬間、承諾するのが早すぎたのではないかと不安になった。数分後、ふたりは巨大で殺風景な学食ホールで差し向かいに座り、味のない細切れ肉を食べながら、活発に議論を交わした。男は熱狂的な口調で、シュニッツラーの『輪舞』の構造は天才的だ、自分にとってはこれこそが最初の現代劇だ、だからノートを取らずにはいられなかった、でもそのほかの作家と作品には別に興味が湧かなかった、と語った。マティルダは男をじっと見つめたまま、顔にかかるうっとうしい髪の束を何度も払い、この人が私を気に入ってくれますようにと願い続けた。

「内容はすごく単純だよね？　十の場面で、五人の男と五人の女、それぞれひとりがひとりと出会う。兵士と娼婦、兵士と小間使い、小間使いと若旦那《わかだんな》、といった感じで。それは君のほうがきっと僕よりよく知ってるよね。この構造だけでも、すごいじゃないか！　ふたりのうちの片方が、毎回もう片方に性交を迫り、ことが終わるとさっさと別れる。だけど天才的なのは、すべてが登場人物の会話のなかで繊細に、軽快に展開していくところだよ。それぞれの人物の性格がよくわかるし、会話のひとつひとつが、それ自体ドラマになってるんだもんな！」

男子学生はクサヴァー・ザントという名で、ウィーンから車で三時間離れたオーバーエスターライヒ地方の小さな村の出身だった。マティルダと同じ二十二歳。おまけに誕生月まで同じだった。つまり、ふたりとも一九五八年三月生まれだ。彼の専攻はドイツ語圏文学と哲学だが、講義やゼミのことはまったく評価していないので、あまり大学には出てこない。もうひとりの学生と、二部屋のアパートをシェアして暮らしている。最初の食事でマティルダが知ることができたのは、せいぜいそれくらいだった。

ふたりで向き合って話をするうちに――といっても、ほとんどはクサヴァーが話し、マティルダは聞き役だったのだが――、マティルダはクサヴァーに恋をした。最初から、マティルダのほうの救いようがないベタ惚《ぼ》れだった。彼女のなかで、なにかのスイッチが「カチリ」と入ったのだ。目の前にいる男は、小麦色に日焼けして、輝くような笑みを浮かべている。濃い茶色の豊かな巻き毛は、そろそろカットする必要がある。緑の目と頬のえくぼ。そして、マティルダ自身にはない情熱で、文学について語っている。

マティルダが大学でドイツ語圏文学を専攻に選んだのは、ずっと本を読むのが好きだったこと、ほかの専攻をなにも思いつかなかったこと、学校でも国語で苦労したことが一度もなかったことが理由だった。それ以外の動機はなにもなかったが、大学を卒業するまで、それだけでじゅうぶんだった。副専攻は英語にしたが、それは、ギムナジウム時代にふたりの教師から、外国語をひとつ専攻しておくと、卒業後に教師として就職するのに有利になると言われたからに過ぎなかった。

昼食の後、マティルダとクサヴァーは一時間ほど、通りをぶらぶら歩きながら、さらに話し続けた。クサヴァーはずっと、マティルダに体が触れそうなほどすぐ近くを歩いた。マティルダは長い時間、自分の汗まみれの服や、汗の滴や、臭い靴のことを考えずにいられたが、やがてふと思い出してしまうと、忘れていたぶん想像はいっそう焼けるように熱く、思わずクサヴァーから一歩体を離したほどだった。別れを告げる直前、クサヴァーはマティルダの頰にキスをして、こう言った。「明日一時に、学食で？」マティルダはうなずきながら、頭にかっと血が上るのを感じた。

自宅アパートに帰ると、マティルダはまず同居人がいないことを確認してから、大きく歓声を上げて、ラジオをつけ、服を脱いだ。鏡の前で、自分の裸体をじっくりと観察してみる。女性にしては背が高いほうで、肩幅はやや広く、太腿《ふともも》はがっしりしている。体形は洋梨《ようなし》を思わせる。胸は少し小さすぎ、腰は広すぎる。華奢《きゃしゃ》で繊細な体つきだったらよかったのに、もっと女らしい印象だったらよかったのに、と思うことはしょっちゅうだ。一方、顔にはだいたい満足だった。少なくとも左右対称だ、と思った。それに、目も鼻も口も、大きすぎも小さすぎもしない。薄茶色の髪の色は退屈でなんの主張もなく、どこか灰色がかって見えるため、一年前からマホガニー色に染めている。

鏡の前に立って、マティルダは、あのクサヴァー・ザントという学生がこの体を気に入ってくれますようにと、祈るような気持ちで思った。それから、大音響の音楽に合わせて、裸のまま部屋のなかで踊った。そんなことをしたのは生まれて初めてだった。シャワーを浴びながら、いくつもの歌をラララと歌い、その日取ったノートを清書したのは夜になってからだった。

その後の数年間、クサヴァーもまた、あれは一目惚れだったと主張した。ボールペンもシュニッツラーも、マティルダに話しかけるための手段に過ぎなかった、と。座席の列に体を押し込んだとき、マティルダの姿と雰囲気とにすっかり参ってしまったのだと。だが後にマティルダは、その主張に疑念を抱くようになった。そして、クサヴァーはきっと一目で、マティルダのことを、完璧な支え役としてうってつけの人間だと見抜いたのだろうと思った。この先に来る苦難の歳月を支えてくれる存在として、意識的にマティルダを選んだのだろうと。というのもクサヴァーは、それからの数年間が仕事面と金銭面とで苦難の歳月になるであろうことを、最初に昼を一緒に食べたときには、すでに知っていたからだ。だが、その苦難があれほど大きなものになることまでは、予想していなかった。いずれにせよクサヴァーは、自分の「面倒を見てくれる」誰かを必要としていた。一度、喧嘩をしたとき、マティルダは直接クサヴァーにそう怒鳴ったことがある。そのときは付き合いだしてからすでに十年かそれ以上の年月がたっていた。クサヴァーはもちろん否定した。

実は、クサヴァー・ザントは小説家だった。というより、小説家になろうとしていたと言ったほうが正確で、マティルダと知り合ったころには、ちょうど最初の長編小説を執筆中だった。その一年前に、学生新聞に短編小説を書いたところ、それがとある出版社の目に留まり、その短編をもとに長編小説を書くようにと勧められたのだ。そういうわけでクサヴァーはすでに一年近く、一日何時間もタイプライターの前に座って、心身をすり減らして人を探す男の物語を書こうとしていた。ひとりの男が何年ものあいだ、十七歳のときにコルシカ島の東海岸で最初の性体験をしたときの相手である七歳年上の女性を探し続け、最後にようやく見つけるまでの物語だ。『探す男』という仮題が付いたその小説を、マティルダと出会ったころ、クサヴァーはちょうど書き上げるところだった。

二度目の昼食の際にそのことを知ったマティルダは、自分の幸運がとても信じられなかった。本物の小説家と本当に知り合い、しかもその小説家は自分に興味を持っているのだ。

マティルダがクサヴァーに語る物語

ときどき、私がそばにいるときに、彼は発作を起こす。全身がぴくぴく引きつって、歪《ゆが》めた口から、ゴロゴロ、シューシューといった感じの奇妙な音が出てくる。そんなときの彼は、立っていられないほど弱っていて、ばたんと床に倒れる。彼が頭に怪我《けが》をしないよう、私が気を付けてあげないとならない。私は発作の前兆をよく知っているから、早めに動くことができる。ときには、彼をお風呂に入れることで、事前に発作を防ぐこともできる。お湯が鎮静効果をもたらして、彼はまるで死んだように目を閉じて浴槽に横たわり、すっかり緊張を解く。発作を事前に防ぐことができないときには、彼は床に倒れる。手足はねじれ、白目をむいて、口からはよだれが垂れる。そんなとき私は、彼が舌を噛まないように、料理用の木のスプーンを口に突っ込む。

五か月前のこと、彼は血がほとばしり出るほど強く舌を噛んでしまった。舌はその後何日もぱんぱんに腫《は》れ上がったままで、このままでは呼吸ができないんじゃないかと心配になるほどだった。すごい音を立てて懸命に鼻から息を吸い、吐くときには口からゴボゴボと音が出た。指で何度も唇と舌とを触っていた。

こういう発作が始まったのは、一年半前のこと。そのとき私たちは、ちょうど夕食の最中だった。突然、彼はフォークを取り落とすと、頭と腕をめちゃくちゃに動かし始めた。そのうち椅子から転げ落ちてしまった。私は死ぬほどびっくりした。人生で、あのときほど途方に暮れたことはなかった。

どうすればいいのかわからなかった。彼が死ぬんじゃないかと思った。私の目の前の台所の床で。筋肉質な体全体が、引きつっている。まるでファンタジー小説の登場人物みたいに、別の誰かに体を乗っ取られたかのようだった。なにもかも、ほんの十五分くらいのあいだの出来事だったけれど、私には永遠にも思われた。タイル張りの床で、彼の隣に横たわって、必死に彼を抱きしめようとした。抱きしめては撫《な》でさすって、手足を落ち着かせようとした。あの数分間ほど、彼のことを愛《いと》しいと思ったことはない。やがて発作が治まった後、彼は体を丸めてぐったりと横たわったまま、激しく喘いでいた。瞳は最初、虚空を見つめていたけれど、そのうち驚きをあらわにした。まるで、自分の体になにが起きたのか、自分でもわからないといった目だった。その後何時間も、彼は腑抜《ふぬ》けたようにベッドに横たわったまま、私がなにをしても動いてはくれなかった。

マティルダとクサヴァー

ふたりは毎日のように会い、一週間後、クサヴァーは初めてマティルダの家に泊まった。翌朝には、ふたりはカップルになっていた。

クサヴァーはマティルダにとって、初めての本物の恋人だった。マティルダは、ギムナジウムの最終学年のとき、しばらくのあいだ若い音楽教師に熱を上げたことがあったが、教師のほうはマティルダの熱烈な思いを完全に無視した。それから、ウィーン大学の四学期目だった二十歳のとき、とにかく男性と寝なくてはと思いつめた。なんだか自分がすでに老嬢になったような気がしていた。とある学生パーティーで、少しばかり酒を飲みすぎたマティルダは、勇気を奮い起こすと、一時間前からこちらを見つめてはうっとりした視線を送ってきていた内気そうな若い男に話しかけた。その男は、マティルダの部屋で、苦労して彼女の処女を奪った。男のほうにも経験がなかったため、マティルダのなかに入り込むのに永遠とも思えるほどの時間がかかった。マティルダは、このときほどの身体的痛みを経験したことはなく、まるで串刺しにされたかのように喚いた。相手の若い男——マルティンという名前だった——は、一時間後、トラウマを抱えて帰っていき、マティルダはシーツについた大きな赤い染みを前に、がっくりと座り込んでいた。それから半年間、ふたりはある程度定期的に会い続けた。セックスの際の痛みは和らいでいったとはいえ、決して快感は覚えなかった。マティルダはマルティンになんの感情も抱けず、結局自分からこの情事を終えた。それから一年半後、クサヴァーと出会った。そして雷に打たれたように恋に落ちたのだった。

付き合い始めてから一、二か月後、偶然クサヴァーの日記を手にしたマティルダは、ぱらぱらとめくってみたことがある。ふたりの関係についての記述はあまりなかった。それはどちらかといえば、ふとした思いつきやアイディアなどを書きつけたメモ帳に近かった。日記を開く前には、ほんの一瞬、自分のことを神格化していてほしい、それを日記に書きつけていてほしいという望みを抱いたが、おそらくそんなことはないだろうと予感してもいた。ふたりの出会いについて、クサヴァーはほんの数行、こう書いているのみだった。「とにかく全部、ごたごたすることもなくスムーズに運んだ。あわただしくもないけど、だからって何週間もセンチメンタルに思い悩んだわけでもなく、ロマンティックな求愛もないし、待ち焦がれることも、不安になったりもしなかった。僕たちはふたりとも、もう十七歳じゃないし、ふたりとも自分の望みはよくわかってる」

だがマティルダにとっては違った。クサヴァーと過ごした最初の春、マティルダは文字通り毎日、雲の上を歩いているかのような夢心地だったが、同時にとてつもない不安に耐えてもいた。クサヴァーに激しく恋をするあまり、最初の数週間は、食べることも寝ることもほとんどできなかった。あとどれくらいで、クサヴァーは私のいろいろな欠点に気づいて、逃げ出すだろう?

そう考えてばかりいた。というのも、マティルダは自分でもよくわからないコンプレックスの塊で、それを隠そうと必死だったのだ。たとえ、別れてからほんの一、二時間しかたっていなくてもクサヴァーと再び顔を合わせると、そのたびにマティルダは不安に駆られ、体が震えた。そんな自分がときに苦しく、もっと肩の力を抜いて人生を楽しめたらいいのにと思うことも多かった。マティルダはあらゆる点でクサヴァーに気に入られたいと願っていたが、実際に気に入られているかどうかには自信がなかった。クサヴァーは決してマティルダを大げさに称賛しなかったし、彼女のなんらかの意見に感心するようすも決して見せなかった。ふたりの関係を当然のものととらえるクサヴァーに、マティルダはよく、自分は交換可能な存在なのではないかと感じた。クサヴァーは常に力みのないクールな男だった。そしておそらく、そうあろうと努力していた。

マティルダはカーリンという名の女友達と、二部屋のアパートに同居していた。クサヴァーはほとんど毎日のように、マティルダの部屋に泊まっていった。クサヴァーが訪ねてくる前には、マティルダはよく一時間以上かけて、部屋と夕食とマティルダ自身を必死で整えた。すべてが丁寧で行き届いた印象を与えながらも、同時にすべてが偶然で気まぐれに見えるように、そして決して陳腐に見えないように。クサヴァーは、陳腐で月並みなものをなによりも嫌っていた。

何週間にもわたって、勉強はおろそかになった。絶えずクサヴァーのことばかり考えていて、集中することができなかったからだ。クサヴァーと一緒にいるときには、彼をじっと見つめて、彼の口から出るどんなささいな言葉も記憶に刻みつけた。一刻も早く、クサヴァーのことを正確に知りたかった。どんな音楽が好きなのか？　どんな本に感動するのか？　どんな夢を持っているのか？　どんな人生を送ろうと思っているのか？　そしてなにより――どんなタイプの女が理想なのか？　マティルダは、クサヴァーのすべてを知って、正しく対処したかった。

最初のころは、夜にも、よく胃がゴロゴロ鳴るせいで、眠りにつくことができなかった。できるだけ静かに寝返りを打って、クサヴァーを見つめた。クサヴァーはほとんどいつも仰向《あおむ》けで眠る。頭を肩のほうへと傾けて、深く呼吸しながら。寝ているクサヴァーを観察するのが、マティルダは好きだった。それはクサヴァーに劣等感を抱かずに済む唯一の瞬間で、体中のあらゆる組織で、強烈な愛情が痛いほど脈打つのを感じた。マティルダは愛した。それも激しく――ときに我を忘れるほど愛した。

マティルダとクサヴァーの十六年ぶりの再会

マティルダ　最初のころは、私、あんまり楽しくなかったのよね。どっちかといえば、ストレスだった。なんて言うか、自分でもよくわからないんだけど、あなたに感心してもらいたい、あなたに気に入られたいって、いつもストレスを感じてた。一度ね、お店にじっと立ち尽くして、夕食のためになにを買おうかって必死に考えたことがあるの。またパスタにしようか、とかね。結局赤ワインを二本と、フランス産のチーズ、全粒粉パンにブドウなんて買って、すごい散財しちゃった。学生のころは、いつも金欠だったのに。で、家に帰ってから、まるでこんなもの普通ですって言わんばかりに、買ったものを全部テーブルに並べたわけ。なのにあなたのほうは、なにも言わずにがっついて。

クサヴァー　おいおい、マティルダ、まさに君らしいな。言ってくれればよかったんだよ。いくらいくらかかったから、半分出してくれって。学生どうしではそれが普通だったじゃないか。

マティルダ　学生どうしではそれが普通だったなら、あなたが自分から半分出してくれたってよかったじゃない。私は気が小さすぎて、それにたぶん緊張もしてて、半分出してなんて頼めなかった。

クサヴァー　時間をもとに戻せたらいいのにな。僕が呼び鈴を鳴らして、君がドアを開ける。いつものように、シャワーを浴びたばかりで、髪は濡《ぬ》れていて、唇にはピンク色のリップクリームをたっぷりつけて。あのラフなジーンズと、黒いブラジャー姿。僕は君を抱きしめて、三分間いちゃいちゃする。そのとき、君の同居人が……あの子、なんて名前だったっけ？

マティルダ　カーリン。

クサヴァー　そうそう、カーリンが、からかうような笑顔で、僕たちのそばを通り過ぎる。僕の視線は、愛情たっぷりにセッティングされたテーブルに向けられる。赤ワインが二本、フランス産チーズ、全粒粉パンにイチゴ。

マティルダ　ブドウ。

クサヴァー　ブドウ。僕は、ダーリン、君はすごいよ！と叫んで、ズボンのポケットから財布を引っ張り出すと、開いて、百シリング札を取り出し、君のブラジャーに挟む。そのとき君の乳首が硬くなる。ふたりはなんとかベッドまでたどり着き、それから何時間も愛し合う。真夜中になってから、ふたりでテーブルについて、食事を味わう。でもブドウはカーリンが全部食べてしまった後だ。

マティルダ　（笑って）馬鹿ね。

クサヴァーがマティルダに語る物語

この小説の仮題は『行かないで』で、主に僕の祖父リヒャルト・ザントの人生の二年間をテーマにしたものなんだ。家族を助けるためにアメリカ合衆国から故郷に戻ってきた一九一八年の十二月から、自分の家で身重の妻と最初のクリスマスを祝った一九二〇年十二月までの二年間。その前のことはすべて回想として語られるし、その後のことにも少し触れるだけ。そして結末はオープンにしておくつもりだ。

マティルダ　オープンな結末って好きじゃない。読者に不満を抱かせておいて、そのまま置き去りにするなんて。

クサヴァー　いや、読者の想像を掻き立てるんだよ。

一九一九年十月二十七日月曜日の朝、リヒャルトは、全焼した後に新たに建築中の両親の家の前に立って、これからどうすればいいのか思いあぐねている。優柔不断な自分を憎み、絶望のどん底にいる。故郷のミュールフィアテルに留まって、この家を引き継ぎ、家業である靴工房を立て直し、年老いた父と弟妹たちの面倒を見て、アンナと結婚するべきか。おとなしくて優しいアンナ。リヒャルトが故郷を後にした当時、アンナはまだ十四歳だった。だがいま、リヒャルトに愛を告白してくれた。それとも、アメリカへ戻るべきだろうか。故郷に帰るまでの十年間を過ごしたミルウォーキーへ。自由で幸せな十年間は同時に、故郷を、家族を、友人を恋しく思う十年間でもあった。だが、ミルウォーキーではドロシーが待っている。アイルランド人とアメリカ先住民の血を引いた、情緒豊かで情熱的な靴屋の売り子。なんの重荷も義務もない幸福な歳月をともに過ごしたドロシー。

リヒャルトは石壁と、これから大きな家を完成させるために必要な大量の石の前に佇《たたず》んでいる。どうするべきか？　どうやって決断を下せばいい？　ふたりの女性を愛していて、目の前にはふたつの道が開けている。アンナかドロシーか？　古い故郷か新しい故郷か？　リヒャルトは、古い故郷を選んだ場合の責任と良心の呵責《かしゃく》を恐れ、新しい故郷を選んだ場合のホームシックと良心の呵責を恐れている。

ミルウォーキーに戻った場合、オーストリアの家族は、いまや長男となった自分を失って、苦労することになるだろう。それでもなんとかやっていけるはずだ。十六歳の弟カールが、財産、病気の父、持参金付きで嫁がせねばならない三人の姉妹に対する責任を引き受けてくれるだろう。カールは確かにまだ若いが、信頼の置ける強い男で、人生においてなにが重要かをよく理解している。どんな状況にも対処できるだろうし、なんの心配もいらない。それどころか、カール自身が跡継ぎになりたいと思っているふしさえある。だから、リヒャルトをここミュールフィアテルに留めるのは、家族に対する義務感ばかりではなく、むしろ、ある望みがどんどん大きくなっているせいだ。優しい微笑みとそばかす、亜麻色の長い髪を持ち、まっすぐ背筋の伸びた背の高いアンナが、リヒャルトのなかで大きな位置を占めつつあるのだ。けれど、ほんの数分のあいだ、気持ちを集中させてドロシーのことを考えるだけで——港に立ってリヒャルトを見送るドロシー、情熱的なキスをするドロシー——、彼女の陽気な笑い声、いつも輝くように美しい整った顔、ブロンズ色の柔らかな体のことを思うだけで、すぐにでも列車に飛び乗ってハンブルクまで行き、ハンブルク港からニューヨーク行きの最初の船に乗り込みたくなる。ドロシーかアンナか？　アンナかドロシーか？　古い故郷か新しい故郷か？

リヒャルトが思い描く自分像とは？　何世代にもわたって故郷に暮らしてきた（かつては裕福だったが、いまでは非常に貧しい）一族の子孫？　土地と森付きの（まずは建てなおさねばならない）大きな家と、百年前からの家業である（戦争半ばからずっと閉鎖中の）靴工房の所有者？祖父や父と同じように、いつか村長になる見通しを持った男？　村長への道に惹かれることは、率直に認めないわけにはいかない。古いザント一族を、戦争前と同じ隆盛に導くことができるだろうか？　いや、もしかしたらそれ以上の繁栄に？　だが同時にリヒャルトは、その人生が必然的に背負うことになる責任を恐れてもいる。アンナには病気の弟がいて、結婚すればまず間違いなく彼と同居することになる。逆に、持参金のほうはほとんど期待できない。リヒャルトの父は死ぬまで介護が必要だし、姉と妹たちにはいい嫁ぎ先を見つけるか、適切な働き口を世話してやらねばならない。

それとも、見知らぬ人ばかりの国の大きな町で、異邦人として生きる自分？　その国では、出身も家系も名前も、ほとんど意味を持たない。重要なのは両手の力と、頭の働きと、そのふたつを使ってなにをやってのけるかのみだ。一生のあいだ、その国の言葉になじめない外国人。だがいろいろな意味で、故郷にいるときよりずっと自由な男。なにしろ故郷では、数百年にわたる一族の重荷がついてまわり、常になにかを強制され、ある種の態度や行動（「お前はザント家の人間だということを忘れるな！」）を義務付けられるのだから。ミルウォーキーで過ごした最初の年に自分がどう感じたか、リヒャルトはよく憶えている。まるで生まれ変わったようで、羽が生えたように軽やかな気分だった。自分がなにをしようと文句を言う人間もいなければ、自分にはどうしようもないことで無言の非難を投げつける人間もいない――お前のじいさんはうちの牧草地を安く買い叩いただとか、お前の親父は俺の靴に粗悪な革を使っただとか、お前の兄貴は乱暴者で俺の歯を折りやがっただとか、お前の伯母はあんな酒浸りの男じゃなくて俺のほうを選ぶべきだった、いまの境遇はその報いだ、だとか。村の人間たちが、自分と祖先のことをすべて知っていて、その知識に基づいて自分のことを判断するという事実を、リヒャルトは重荷に感じている。だから、ミルウォーキーの大勢の人間たちのなかで、何者でもない自分でいられることは、重荷からの解放を意味する。とはいえ一方では、姉からの手紙で、母と長兄とが火事で死んだことを知らされて、一九一八年の十二月に再び故郷に戻ったとき、リヒャルトはあらゆるものをなつかしく、心地よく感じたものだった。誰もが自分と同じ言葉を話している。自分が話す方言を。近所にあるものは、石のひとつにいたるまで知り尽くしている。目に入るのはなじみの顔ばかり。

リヒャルトは、家へ帰ってきたと感じたものだった。

どう決断を下すべきか？　どうしていいかわからずに、リヒャルトは山積みの石の上に腰を下ろして、両手に顔を埋める。もう何週間も、決断を下そうともがいている。

自分の一生が、このたったひとつの決断にかかっている！　どうして人間は、人生のいろいろな見取り図をそれぞれ試してみてから、そのうちのひとつに決めることができないのだろう？　たった一度の人生など、人生でないも同然だ。決断を間違えて、歳を取ってからそれを認めざるを得なくなるとしたら、なんと恐ろしいことだろう。

マティルダ　ご家族の歴史に取り組んだ作品は初めてね。

クサヴァー　そろそろそのときだと思ってさ。

マティルダとクサヴァー

ふたりが別々の住居で暮らしていたこの最初の二年間は、同時に最も密度の濃い、幸せでにぎやかな二年間でもあった。ほぼ毎晩のように、ふたりはマティルダ宅の台所で、クサヴァーの友人パウルとマティルダの同居人カーリンとともに、スパゲッティを作り、食べ、飲み、ハシシュを吸い、テーブルに足を載せて延々と語り合った。ふたりは常に語り合っていた。大声で語り合った。見たこと、聞いたこと、読んだこと、感動したこと、あらゆることについて語り合った。その日の出来事について、教授たちについて、政治について、哲学について、神とこの世界について、そしてなにより本について。本についての会話から、マティルダは多くを学んだ。大学のゼミで学ぶよりも、ときにずっと多くを。それゆえマティルダは、物語や登場人物についてのクサヴァーの情熱的な解釈を、貪欲《どんよく》に吸収した。ほとんどの場合、マティルダ自身が本について即興で言えることといったら、好きか嫌いかくらいしかなかった。本から受けた漠然とした印象を伝えるより先へは進めず、それ以上の感想をひねり出すまでにはしばらく時間がかかるうえ、ようやくひねり出してみても、それは退屈で無意味に感じられた。自分もクサヴァーのように雄弁に語れたらいいのにと、マティルダは思っていた。

夜遅くなると、友人や知人と一緒に、どこかのバーやパブ、または誰かが自宅で催すパーティーに繰り出した。毎週のように、友人や知人の誰かが狭い学生住宅でパーティーを開いており、そんな場でもやはり皆が、ビールを手に大声で語り合った。そして明け方になって、正体をなくすほど酔うと、今度は突拍子もない身振りでめちゃくちゃに踊り、眠くなると、ふたりできつく抱き合って部屋の隅に寝転がり、濃厚なキスを交わした。クサヴァーはのちにマティルダに、あのころが一番よかったと打ち明けたことがある。

一九八一年六月二十七日、マティルダは日記にこう書いた。
「私たちの生活は、とにかく会話で成り立っている。それにパーティー。ふたりきりでいる時間はほとんどない。いつもたくさんの人に囲まれていて、いつもどこかに出かけている。クサヴァーは楽しんでいるけど、私はときどき、もう少し静かな生活がしたいと思う。クサヴァーをひとりで行かせればいい、私は家に残って、たまにはゆっくり寝ようと思うことがよくある。でも、実行できたためしがない。いつもクサヴァーの近くにいたいから。それに、一緒に行かなかったら退屈な女だと思われるんじゃないかと怖いのもある。日中はいつも疲れている。勉強に集中することができなくて、良心がとがめる。卒論を書き上げて、秋には卒業試験に合格して、そろそろ教師にならなければ。自分でお金を稼ぎたい。わずかな奨学金に頼る生活を終わらせたい。それに、あのしみったれたカフェでウェイトレスをするのももう嫌だ。教師になって、クサヴァーと一緒に暮らす日が待ち遠しい！　クサヴァーが私だけのものになる日が待ち遠しい」

ほぼ二年間付き合った後、ふたりは三部屋のアパートで同居を始めた。それは一九八二年三月、ふたりがともに二十四歳になった月だった。その年の二月に、マティルダはとある語学ギムナジウムの教師として、国語と英語を教え始めていた。

アパート探しでは、すさまじい幸運に恵まれた。あっという間に――ふたりで見学したふたつ目のアパートだった――、明るくて住み心地のよさそうな住居を見つけることができたのだ。大きな部屋が三つと、現代的なキッチン、それに住居の南側と西側とにぐるりと巡らされた広々としたバルコニーがついていた。クサヴァーは、最初に見学したアパートがいいと言った。だがマティルダは、狭くて暗すぎると思った。マティルダにとっては、美しい住まいで快適な暮らしをすることは、とても重要だった。住まいは自分の第二の皮膚だと感じていた。そして少なくともこの第二の皮膚のなかでは、絶対的な居心地のよさを感じていたかった。それに、子供時代と思春期を過ごした暗くて狭い住居を思い出すのは、なによりも嫌だった。

マティルダが学校で教えるあいだ、クサヴァーは二作目の長編小説を書いていた――少なくとも、マティルダはそう思っていた。クサヴァーは、よく夜にも執筆した。二作目の小説は、クサヴァーが愛してやまないアルトゥール・シュニッツラーの『輪舞』をもとにしたもので、『五人の女、五人の男』というタイトルだった。それは現代版の『輪舞』で、八〇年代の男と女が、十の場面でそれぞれひとりずつ出会い、一方がもう一方に性交を迫る。そしてことが終わると、大急ぎで別れる、というものだった。

突然、マティルダとクサヴァーは、あまり語り合わなくなった。だがそれでも、以前に比べて不幸になったわけではなかった。どちらかといえば、穏やかな生活が戻ってきたようで、マティルダはふたりで過ごす静かな時間を愛した。とはいえ、それ以上を求めることも多かったのだが、小説を書くときには大いに発揮されるクサヴァーの想像力は、ふたりの関係にはさっぱり生かされなかった。

週末には、ときどきふたりで自転車に乗って公園へ行き、草むらに寝転んで、太陽の光を浴びたり本を読んだりした。クサヴァーはいつも友達を誘いたがった。クサヴァーには観客が必要だった。だがマティルダのほうは、友人の誰にも時間がなくて、ふたりきりで出かけることになったときが一番うれしかった。隣で木の幹にもたれているクサヴァーを、マティルダはこっそり見つめる。マティルダの目に映るクサヴァーは、あまりに完璧で美しかった。そんな瞬間、マティルダはこう思うのだった――きっとすぐに目が覚めて、全部が夢だったとわかるに違いない。この人が私のものだなんてことが、現実にあるはずがない。

再会前にマティルダとクサヴァーが交わすメール

送信日：2012年1月28日
差出人：クサヴァー・ザント
宛先：M・K

おはよう、マティルダ！

僕が元妻のデニーゼと知り合ったのは、出版社に初めて顔出しをしたときだ。一九九五年の六月——具体的な日にちは、君のことだから、きっとはっきり憶えているだろう——、ちょうど満ち足りた幸せな気持ちで出版社を後にしたところだった。顔合わせの首尾は上々で、出版社は三作全部を出すと言ってくれたからね。そのとき、デニーゼの父親が車から降りてきて、出版社の玄関口にやってきた。

デニーゼは父親の体を支えていた。そのとき突然、父親がしゃがみこんだんだ。僕はデニーゼに手を貸して、父親を安全に建物のなかへ運び込むと、椅子に座らせた。たぶん、水も一杯持っていったと思う。救急車を待つあいだ、僕とデニーゼは少しだけ言葉を交わした。父親はあっという間にまた元気になったたし、病院なんかに行きたくないと言ったんだけど、デニーゼは救急車を呼ぶと言い張って聞かなかった。（デニーゼの父親のヨアヒムは闘志に満ち溢れた人だったけど、それから二年もしないうちに亡くなった。）まあそれはともかく、僕たちはそのときにお互い自己紹介をした。僕はデニーゼに「天使三部作」の話をして、たったいま出版の約束を取り付けたところだと話した。デニーゼはおめでとうと言ってくれて、その後ふたりで少し話した。デニーゼの父親、ヨアヒム・ゾンネンフェルト（名前は君ももちろん知っているだろう）は回顧録を執筆していて、デニーゼはそれを手伝っていた。ヨアヒムの最後の数年間は、デニーゼがマネージャーのようなものだったんだ。まあそんなわけで、僕たちはときどき偶然、出版社で顔を合わせるようになった。

付き合い始めたのはずっと後のことだ。たしか、僕がウィーンを出た後だったと思う。

これでいいかな？

送信日：2012年1月29日
差出人：M・K
宛先：クサヴァー・ザント

クサヴァー！

一、日にちならもちろん憶えています。忘れることなんかできません。私たち、あの日の夜にお祝いをして、あの「合意」にいたったんですから。あれは六月十七日のことでした。

二、億万長者ヨアヒム・ゾンネンフェルトの回顧録なら、読みました。ユダヤ人で（数日のあいだとはいえ、ワルシャワのゲットーに暮らしたことさえあるのを自慢げに書いていましたね。遠縁にあたるナチス高官のおかげで、すぐに出ることができたというのに。回顧録のうちまるまる四章が、その短い数日間にあてられていました）、一代で財を築いた叩き上げだと主張していて（チェーンの最初のホテルは大伯父《おじ》から相続したものであることは、わざと書かなかったんですね）、最後にはホテルチェーンの所有者として大富豪になった（でも娘のことは恥じていたのでしょうか？　なにしろ娘への言及は二行だけでした）。たぶん、そんな人の娘と一緒のセレブ生活は楽しかったでしょうね。彼女の名前だけで、あなたまで有名人ですからね。

三、あなたたちが付き合い始めたのはあなたがウィーンを出て行ってからだというのは、真《ま》っ赤《か》な嘘です。自分でもわかっているでしょう。

十五分後
差出人：クサヴァー・ザント
宛先：M・K

デニーゼのことを書く気にはなれないよ。もう何年も前に離婚したんだ。でもそれはともかく、言いがかりはやめてくれ。僕がデニーゼに惚れたのは、彼女の名前と富のせいじゃない。それに、僕たちが付き合い始めたのは、僕が君と別れた後のことだ。君と付き合っているあいだに、デニーゼと浮気をしたりはしていない。

お互いにいまのことを話そうよ！

送信日：2012年1月30日
差出人：M・K
宛先：クサヴァー・ザント

クサヴァーへ

言いがかり⁇

あなたがデニーゼを好きになったのは彼女の名前と富のせいだなんて、書いた覚えはありません。デニーゼと一緒に有名人としてセレブ生活を送るのはきっと楽しかったでしょうと書いたんです。

あの五月十六日のことは、前にも書きましたね。私が家に帰ってきたら、あなたがいなくなっていた日のことです。アパートの鍵が、ベッドの横のナイトテーブルに置いてありました。その隣には、メモも手紙もありませんでした。私は膝ががくがく震えて、めまいと吐き気に襲われたので、ベッドに横にならざるを得ませんでした。頭のなかはぐちゃぐちゃで、なにも理解できませんでした。なにひとつ。ふたりで三部作を書いて、出版社から刊行の約束を取り付けたあの最後の一年間、私たちはすごく幸せだと思っていたんです。なにひとつ理解できず、自分のことを馬鹿だと思いました。あなたが出て行ったことは、誰にも話しませんでした。誰かにあなたのことを訊かれると、ドイツで創作ワークショップを主催していると答えました。でも、そのうちみんな信じてくれなくなって、私のことを同情の目で見るようになりました。何度かあなたのお母様にも電話してみました。でもお母様は、最初は本当になにもご存じなく、後になってからは、私になにも話そうとはしてくれませんでした。最初のうち私は、まだ決まったわけじゃない、あなたはきっと戻ってくる、そう信じていたし、希望を持っていました。いまになってみればおかしな話ですが、白昼夢さえ見たんです——あなたはちょうど私たちふたりのための家を買って、その内装を調えているところで、私を驚かそうとしているんだと。

ところが三週間後、雑誌であなたたちふたりの写真を見ました。女生徒のひとりが、国語の時間にその雑誌を広げて、机に置いていたんです。たぶんわざとやったんだと思います。当時、生徒たちはみんな、私があなたと付き合っていることを知っていましたから。その女生徒の机の横を通って教壇へ行く途中で、私はあなたたちふたりの大きな写真を目にしました。青少年文学界の新星クサヴァー・ザントと、大富豪のホテルオーナー、ヨアヒム・ゾンネンフェルトの一人娘であるデニーゼ・ゾンネンフェルト。あなたたちふたりは、デニーゼが自然に囲まれて静かな生活を送りたいということで買ったばかりの大きな農家の前に立っていました。ふたりとも輝くばかりの笑顔で、幸せそうでした。あなたはショートパンツで、シャツの前ボタンを開けていて、彼女のほうは夏用の薄いミニワンピース。ワンピースの下のお腹が膨らんでいるのが、もうはっきりとわかりました。体を串刺しにされたような感覚でした。本当に全身に痛みを感じると同時に、力が抜けました。その場に立ち止まって、記事を読みました。デニーゼは妊娠五か月で、二週間後にはその農家で盛大な結婚式が行われる予定だ、ヨアヒム・ゾンネンフェルト氏は、娘の選択を心から祝福している、という記事でした。貧しい環境から身を立てたゾンネンフェルト氏は、セレブ界の着飾った猿と娘が結婚するところなど見たくはない、と書いてありました。読み終わると、私はなんとか教壇まで戻りました。でもそこから先のことは憶えていません。後で聞いたところでは、私はそのまま椅子に座って、なにを話しかけられても答えなかったということです。

いずれにせよ、もしあなたたちが付き合い始めたのが、あなたがウィーンを出た後だったのなら、あのときデニーゼが妊娠していたはずがありません。もう私に嘘をつくのはやめてください。なにもかもひとまとめに否定するのはやめてください。これほど長い時間がたった後でそんなことをしても、むしろ滑稽なだけです。どうか事実を教えてください。過去のことと現在のことを語り合おう、考えようと提案したのは、あなたのほうです。あれから十六年近くたったんですから、私のほうは真実にじゅうぶん耐えることができます。当時だって、なんとか真実と折り合いをつけるしかなかったんですから。でももしかしたら、折り合いをつけられないのはあなたのほうかもしれませんね。自分が凄《すさ》まじいクソッタレのゲス男（表現が汚いことは謝ります）だったという真実に耐えるのは、難しいのかも。

マティルダ

送信日：2012年1月31日
差出人：クサヴァー・ザント
宛先：M・K

親愛なるマティルダ

僕たちのことを全部、そんなふうに知ることになったなんて、本当に申し訳ない。どうか信じてほしい、どうかどうか、お願いだから信じてくれ、そんな目に遭わせるつもりはなかったんだ。だからこそ、すべてを説明する長い手紙を書いたんだ。書留で送るべきだった。

あれから散々考えて、事実を整理してみた。（これほど長い時間がたったいまとなっては、どうでもいいことだとは思うけど、でも君にとって重要だというのは理解できる。）デニーゼと僕が出会ったのは、前にも書いたとおり、一九九五年の六月、出版社でのことだ。その一週間後、編集のことでもう一度ミュンヘンへ行ったとき、待ち合わせてバーで会った。正確に知りたいなら言うけど、最初に知り合ったときに僕に名刺をくれたのは彼女で、でも結局電話をかけたのは僕のほうだ。でもこのときにはまだセックスはしていない。その後、ごくたまにだけど、会うようになった。最初に寝たのは、クリスマスの少し前だ。一九九六年の二月に妊娠がわかって、七月初めに結婚して、十月二十一日にヤーコプが生まれた。

その後に起こったあの恐ろしい悲劇のことは、君もたぶん知っているだろう。散々新聞に載ったからね。僕にとっては、あの出来事は、ほかのどんなことより重い。あの出来事に比べれば、それ以外のすべては、とてもささいなことに思える。たとえようもない体験をしてしまうと、ほかは全部どうでもよくなるものだよ。

送信日：2012年1月31日
差出人：M・K
宛先：クサヴァー・ザント

クサヴァー

あなたと奥さんの身にふりかかったあの恐ろしい事件のことは知っています。当時、ニュースを追っていましたから。お気の毒だと思います。これは心からの言葉です。本当にお気の毒に思っています。おふたりとも、きっととてもつらかったでしょう。でも私に言わせれば、その件ともうひとつの件は別です。片方がもう片方の言い訳になるとは思いません。少し先にたとえようもないつらい経験をすることになるかもしれないからといって、いまクソ（以下略）な行動をしてもいいということにはならないでしょう!?

だからこそ質問します。クリスマス前にもうデニーゼと付き合い始めていたのなら、どうして五月まで私と一緒に暮らしたんですか？

マティルダ

一時間後
差出人：クサヴァー・ザント
宛先：M・K

長い間、デニーゼか君か、どちらを選んでいいかわからなかったからだよ。君のことも愛していた。ふたりとも愛していた。それに、君との十六年間をあっさり投げ出すことなんてできなかった！

デニーゼは、妊娠したとわかると、早く決断を下せと迫ってきた。それでも僕は、心を決めるまでにそれから三か月かかったんだ。君を捨てる決断は簡単なものじゃなかった。これは本当だよ！

送信日：2012年2月1日
差出人：M・K
宛先：クサヴァー・ザント

別の人を好きになったと、私に一度も言わなかったのはどうしてですか？　ドイツに恋人ができたこと、あなたの子供を妊娠していること‼　私と別れたいというそぶりをまったく見せなかったのはどうしてですか？　確かに、あのころあなたはしょっちゅう家を留守にしてはいたけれど、私の前では、ふたりの関係はうまく行っていると見せかけていたじゃないですか！

十六分後
差出人：クサヴァー・ザント
宛先：M・K

君を傷つけたくなかったから。それに臆病《おくびょう》な卑怯者だったからだよ！　デニーゼとの情事が長く続くかどうかわからなかったんだ。なにしろ彼女は、書類上はまだ、レーサーだった二番目の夫と結婚していたからね。もし君に打ち明けた挙句に情事がすぐに終われば、僕は君の目にはただの浮気男になっていただろう。それが嫌だったんだ！　わからないか？　こんなに時間がたっても、まだわかってくれないのか？
　それから、もうひとつ思い出してほしい。僕たちのあいだは、もうそれほどうまくは行っていなかった。ただ当時の君は、それを絶対に認めようとはしなかっただろうけどね！　君は生徒のことばかりで、僕にはもうまったく時間を割いてくれなかったじゃないか！

一分後
差出人：M・K
宛先：クサヴァー・ザント

　あなたのほうは私に割く時間があったんですか？　急に多忙な作家になって、あちこち飛びまわってばかりだったじゃないですか！

四分後
差出人：クサヴァー・ザント
宛先：M・K

あのころの僕の新しい生活に、君はなんの興味もなかったじゃないか！　あの大騒ぎのすべてに、軽蔑のコメントばかりで。まるで僕が自分の成功を恥じなきゃならないみたいに！　まるで成功して幸せになるのがいけないことみたいに！

送信日：２０１２年２月２日
差出人：Ｍ・Ｋ
宛先：クサヴァー・ザント

もしあなたが無名のただの人だったとしても、奥さんは好きになってくれたと思いますか？もしあなたがメディアで、青少年文学界の才能溢れる新星だともてはやされていなかったとしても？

送信日：２０１２年２月３日
差出人：クサヴァー・ザント
宛先：Ｍ・Ｋ

デニーゼにとっては、僕が成功してようがしていまいが、まったくどうでもよかった。彼女が僕を気に入ったのは、僕が作家で、彼女の上流階級の気取ったお友達とは全然違ったからだ。ほかに質問は？

僕のほうからもひとつ質問がある。君は結婚している？ 結婚していなくても、誰か決まった相手がいる？ それとも、独身で欲求不満の国語教師で、茶色いカーディガンを着て、緑茶を飲んでるのか？ そうじゃないことを祈るよ。

クサヴァー

九分後
差出人：M・K
宛先：クサヴァー・ザント

あなたは私を利用しました。成功して、経済的にも豊かになったとたんに、出ていくなんて！ それに、そもそもあなたが作家として成功したのは、私のアイディアのおかげじゃないですか。『天使の翼』『天使の子』『天使の血』のアイディアは、私が思いついたものでしょう！

追伸

カーディガンは好きで、よく着ます。どんな色でも。それにお茶もよく飲みます。緑茶に限らず、どんなお茶でも。

三十分後
差出人：クサヴァー・ザント
宛先：M・K

マティルダ
君を「利用した」なんてとんでもない！　僕たちの心が離れていったときが、偶然——いや、もしかして偶然じゃないんだろうか？　どうだろう？　君にとっては成功していない作家のほうが、成功した作家よりもよかったのかもしれないね？——、僕がようやく成功した時期と重なっただけだよ‼
最後のころにデニーゼと浮気をしたのは申し訳ないと思う。本当に申し訳ない。当時もずっとやましく思っていた。でも、僕が自分で認める罪は浮気だけだ。男も女も、八十パーセントが浮気をするんだ！　それ以外の点では、僕は君に対していつも公正で誠実だった。
クサヴァー

一分後
差出人：Ｍ・Ｋ
宛先：クサヴァー・ザント

とても面白い冗談ですね！
もう寝ます。おやすみなさい！

送信日：２０１２年２月９日
差出人：クサヴァー・ザント
宛先：Ｍ・Ｋ

親愛なるマティルダ
もう一週間、君からメールをもらっていない。僕がなにか君を傷つけるようなことを言ったんじゃないことを祈ってる。それに、君が病気じゃないことを祈ってる。仕事が忙しすぎるんじゃないことも。これまでもう過去のことはじゅうぶんほじくりかえしたから、今日は僕の現在について少し書こうと思う。

実は、半年ほど前から両親の家に暮らしてるんだ。いや、本当だよ。親が遺した家に住んでる。きっと信じられないだろうな。信じられないって顔で首を振って、「まさか」なんて言う君の姿が目に浮かぶよ。でも本当なんだ。僕は両親の家に暮らしていて、そこで仕事をしている。

去年の夏に母が他界して、僕は突然、親が遺した家に暮らすか、それとも全部まるまる財団に寄付するかの選択を迫られた。僕が家を売ることができないようにっていうそれだけの目的で、母が設立した財団だ。結局僕は、ここに住むことにした。いずれにしても再出発がしたかったこともある。もう何年も前に再出発しているべきだったんだけど、勇気がなかったんだ。「家に帰る」のが楽しみだった。家にこもって、書いて書いて書きまくろうと思った。ここでなら、ついに一世一代の長編を書けると思った。なにもかもが上向きになると思ったんだ。この場所での孤独な生活が、僕を癒《いや》してくれるだろうって。なにから癒すんだろう？　過去の亡霊かな？

でも、僕は孤独な生活ができない。孤独は昔から嫌いだったし（君が一番よく知ってるはずだね！）、孤独のほうも僕を好きじゃない。孤独の鎮静作用は、僕を癒してはくれない。むしろ、僕の気をおかしくするばかりだ。いまじゃもう、毎晩のように村の居酒屋に通うところまで来てるよ。食事をするっていう口実で。でも本当のところは、周りの人間をむさぼるように観察しているだけなんだ。君はきっとまだ憶えているだろう、僕が人との距離の近さに耐えられないこと。人と近くて親しい付き合いができないんだ。すぐに息苦しくなって。でも、人を観察すること、彼らの人生の話を聞くことは必要だ。同時に、彼らに見られることも。僕には、僕の生活、僕の行動を見る人たち、いわば「僕の人生の証人」が必要なんだ。沼に沈んでしまわないために。自堕落な生活にはまる手前で、なんとか踏みとどまるために。

僕が居酒屋の一番奥のテーブルを目指して、薄暗い店内を横切ると、村の人たちはいつも同情と好奇心の混ざった目で見つめてくる。彼らにとって僕は落伍者《らくごしゃ》、失敗者なんだ。彼らの顔には、なんとなく見覚えがある（ここで育ったんだから、当たり前だ）。でも、誰ひとり、名前を思い出せない。クリスマスの少し前に、昔の同級生が僕のテーブルに来た。小学校時代は、離れがたい親友だったやつだ。名前はベルンハルトで、隣村で家具職人をしてる。やつは勝手に二人分のビールを注文して、僕と乾杯した。そのときに、歪んだ笑みを浮かべて、たったひとこと言った言葉が――クソ人生に乾杯。

僕は思わず笑ってしまった。あまりにベルンハルトらしくて。あの小声で嘲《あざけ》るように言った「クソ人生に乾杯」以上に、やつにふさわしい言葉は思いつかないよ。さあ、乾杯、クソ人生に、お前の健康に！　あれ以来、僕たちは定期的に会ってビールを飲むようになった。でもあまり話はしない。たいがいは黙ったまま、相手の顔に煙草《たばこ》の煙を吹き付けてるだけだ。ベルンハルトの人生はといえば、まさにこの乾杯の言葉がふさわしいとしか言いようがない。父親がいなくて、女手ひとつでやつを育てた母親は、食べ物を買う金を稼ぐために、一日中働きに出てた。子供たちは幼稚園のときから、午後には自分たちだけで留守番しなきゃならなかった。ベルンハルトはそれから結婚して、妻のために贅沢《ぜいたく》な家を建てて、凄まじい金額のローンを背負ったんだけど、その妻は二年前にベルンハルトのもとを去って、医者と結婚した。幼い娘にはめったに会えない。娘が、「労働者」のところなんかへ行くのは嫌だと言うからだ。七歳の子供がそう言うんだ。

まあとにかく、僕は百九十二日前からここ〈シューロート〉に住んでいる。母と祖父にとって人生のすべてだった家、若いころの僕が「巨大な石の要塞《ようさい》」と呼んだ家、子供のころから居心地が悪くて、いつも凍えていて、三十三年間、二晩以上続けて泊まったことのない家に。九月にここに越してきて以来、この家は僕を住まわせてはくれない。常に僕を吐き出そうとして、僕の存在と闘っているような気がする。僕を追い出して、あとは安心して荒れていくに身を任せたい、そしていつか崩壊したいと思っているような気がする。この家は、毎日のように、水道管の破裂とか、電気のショートとか、カビとか、ボイラーの故障とかで、僕にそれを思い知らせ続けた。引っ越してきて一か月後、僕は家に闘いを宣言した。カーテンを全部取り外して、ソファカバーも、クッションも、じゅうたんも、覆いという覆いをすべて取り払って、家の裏で巨大な焚火をしたんだ。あの燃え方、君に見せたかったよ。青い空に向かって、何メートルもの炎が吹き上がったんだ！　僕は、椅子とか、母の服とか、僕が赤ん坊のころの服だとかを火に投げ込んだ。本さえ焼いた。そう、家のなかにある本を全部持ち出して、焚書《ふんしょ》をしたんだ。文字や言葉がパチパチはぜながら消えていくのを見るのは、気持ちがよかったな。（本なんてどうせ書かれすぎなんだ。君もそう思わないか？）頭のネジが外れたみたいに、僕は火のまわりで飛び跳ねて踊った。たまたま犬を散歩させてた近所の人が、口をぽかんと開けて見てたよ。きっとこの後、病院に電話するに違いないと思った。

ごめん、正直言うと、ちょっと誇張しすぎた。

いまのところ、ここが気に入ってるし、それほど居心地が悪くもない。いつかここが自分の故郷の村になるなんて、ここで暮らすようになるなんて、それに両親の家で落ち着いた生活が送れるようになるなんて、昔は思ってもみなかった。（ここ十四年間の僕の人生は地獄だった！）いま僕は、長編小説に集中してる。インスブルックで会ったら、詳しく話すよ。きっと気に入ってくれると思う。これは、僕が楽しんで書く最初の小説だ。本当に、毎日規則正しくコンピューターの前に座ってるんだよ。とても信じられないだろう？

毎日のように、たくさんの職人がやってくる。なにしろ家は改装中だからね。（財団の理事たちは、寛大にも改装を許可してくれた。）職人たちが執筆の邪魔になるんじゃないかと心配だったけど、いまのところなにも問題はない。彼らが一階で仕事をしているあいだは、僕は二階に引っ込むし、彼らが二階で仕事するあいだは、僕が一階に行く。家の外壁はそのまま残すけど、中は完全に変えるつもりだ。間取りも変える。子供時代の家を思い出させるものは、どんなささいなものも残したくないんだ！

結婚しているかっていう僕の質問には、まだ答えてくれてないね。どうして？

クサヴァー

送信日：2012年2月10日
差出人：M・K
宛先：クサヴァー・ザント

クサヴァー
私はあなたを愛していました。成功していようと、していまいと、まったく関係なしに、愛していました。でも、もちろんあなたが成功することを願っていました。どれほど願っていたか、想像もつかないでしょう！　あなたがどれほど成功を必要としているか、どれほど成功したいと願っているかを、私も感じていましたから。私たちの友人知人みんなが、あなたの成功を待っていて、あなたがそのことで苦しんでいるのを知っていましたから。あなたがメールに書いた、成功していない作家のほうが成功した作家よりもよかったんだろうという言葉には、とても傷つきました。私はあなたの成功を願っていました。でも、成功するやいなや、あなたはすっかり変わってしまいました。まるで、それまでの「ちっぽけな」生活——小市民的な国語教師と一緒に、アパートの五階にある古びた三部屋の住居に暮らす生活——を恥じているかのように。あなたは突然、私のことをぞんざいに扱うようになりました。

ご両親の家を故郷に定めたという話、うれしく思います。あの大きな古い家を私がずっと好きだったことは、知っているでしょう。それから、あなたの質問への答えですが、結婚はしていません。

明後日《あさって》から旅行に行ってきます。学期休みなので。旅先ではネットに接続しません。

マティルダ

マティルダとクサヴァー

最初から、マティルダは学校での仕事が好きだった。

熱意溢れる教師となったマティルダは、仕事を楽しみ、生徒たちを愛し、自分が役に立つ存在であることを実感した。奇妙なことに、最初から教室を舞台であると感じ、そこに立つことを楽しんだ。教室にいると、緊張もせず、肩の力を抜いていられた。そこではマティルダはひとかどの人物だった。教師であり、主導権を握る人間だった。生徒たちは、マティルダの言うことに従わねばならない。そして実際、生徒たちはおとなしく従った。最初の一、二週間こそ、教室内の統率を取るのに少々てこずったが、それもすぐに克服した。マティルダは若い生徒たちを敬意をもって扱い、同時に、必要な距離は保った。ひとりひとりの気分や要求をいち早く感じ取った。クラス全体の気分や要求も同様だ。そしてそれらに素早く適切に対処した。生徒たちの前に立っているときには、不安や居心地の悪さを感じてばかりの普段の生活の場面でよりも、知覚と感覚が研ぎ澄まされた。学校での自分には、それ以外の場所にいるときにはない目とセンサーが付いているような気がした。学校の外の生活では、ものごとがぼんやりとにじんで見えることが多かったというのに。

最初のうちマティルダは、家に帰ると、陽気に、だが同時にまだ張り詰めた気持ちを引きずったまま、まるで滝のようにとうとうと学校での出来事を話した。クサヴァーはそんなマティルダの話を、口元に軽く嘲るような笑みを浮かべて聞いた。マティルダが、嘲笑《ちょうしょう》しているだろうと言うと、クサヴァーは否定して、これは嘲りではなく、単に興味深く話を聞いているだけだと答えた。

朝、マティルダが家を出るときには、クサヴァーはたいていまだ寝ていた。だが一度、起き出して、ボクサーショーツ一枚で寝室からふらふらと出てきたことがある。ふたりが一緒に暮らし始めて間もないころのことだ。クサヴァーは、廊下に立って鏡で外見をチェックしているマティルダを見た。口を開けたまま、マティルダをじっと見つめると、そのままバスルームへと消えた。

一九八二年六月十二日のクサヴァーの日記
「マティルダって人間は、骨の髄まで教師だ。少年少女たちに教養を詰め込もうっていう激しい熱意に浮かされてる。朝は稲妻のように家を出ていく。生きる意欲に満ち溢れてきらきら輝き、スーツに体を押し込んで、赤く染めた髪をひっつめにして、真っ赤な口紅を塗って、安っぽい香水の香りに包まれ、なにより、凄まじいエネルギーと、自分の仕事への凄まじい誇りに満ち満ちて！」

実際、仕事はマティルダを誇らしい思いで満たした。それはマティルダ個人にとって、幼いころから目指してきたとてつもない社会的出世を意味していた。マティルダは労働者階級の、正確に言えば農民一族の出身だった。親族に大学入学資格試験を通った者はおらず、ましてや大学に通った者などいるはずもなかった。マティルダは一族初の大学卒であり、教育によって力を得たと感じた。子供時代を過ごしたリンツにある社会福祉団地の六十平米のアパートは、狭苦しさ、無知、凡庸、狭量、嫉妬と諦念《ていねん》で溢れんばかりだった。マティルダはそこから逃げ出したくてたまらず、十八歳になる日を指折り数えて待っていたのだった。

再会前にマティルダとクサヴァーが交わすメール

送信日：2012年2月18日
差出人：クサヴァー・ザント
宛先：M・K

　親愛なるマティルダ
旅行から無事戻ってきてるといいんだけど。誰と、どこに行ってたの？
恋人はいる？　誰かと一緒に暮らしてる？　少し君の生活のことを聞かせてほしいな。興味津々だよ‼
　クサヴァー

送信日：2012年2月20日
差出人：M・K

宛先：クサヴァー・ザント

親愛なるクサヴァー
昨日の夜に戻ってきました。友人のシルヴィアとニューヨークに行っていました。
マティルダ

七分後
差出人：クサヴァー・ザント
宛先：M・K

僕はまだニューヨークに行ったことがない、僕はまだハワイに行ったことがない！（オーストリア出身の歌手ウド・ユルゲンスの歌）
憶えてる？　君はこの歌なら何十回でも聴いていられたよね。僕のほうはときどき頭がおかしくなりそうだったけど。君はウド・ユルゲンス（一九三四－二〇一四。ドイツ語圏で絶大な人気を誇った）の大ファンだった‼　今でもそう？
ニューヨークに行ったのは初めて？　どうだった？　お願いだから、君の生活のことをもっと聞かせてくれ。知りたくてたまらないんだ！

クサヴァー

四分後
差出人：M・K
宛先：クサヴァー・ザント

クサヴァー
ニューヨークは二度目でした。二度目もやはり満喫しました。それから、いまでもウド・ユルゲンスのファンです。
マティルダ

一時間後
差出人：クサヴァー・ザント
宛先：M・K

親愛なるマティルダ

満喫した？　満喫した？？　それだけ？？

僕が聞きたいのは、君がお洒落《しやれ》なニューヨークのバーで酔っぱらったとか、酔った挙句にテーブルの上で踊り始めたとか、そういう話なんだけどな！

クサヴァー

十三分後
差出人：Ｍ・Ｋ
宛先：クサヴァー・ザント

私は私の人生を楽しんでいます。でも、ほかの人たちみたいに、それを周りに見せびらかしたいとは思いません。そういうことをする人たちに、あなたは昔から耐えられなかったじゃないですか。「ターボ人間」っていう言葉、憶えていますか？　あなたが思いついた言葉です。

私の生活については、週末に書いて送ります。週末なら時間があるので。でもきっと、読んでもがっかりするだけですよ。

マティルダ

追伸

ところで、息子さんのことでなにか進展はありましたか？　警察はいまでも捜索しているんですか？　それとも捜査はもう打ち切られた？

送信日：2012年2月21日
差出人：クサヴァー・ザント
宛先：M・K

親愛なるマティルダ
僕の小さなヤーコプのことを訊くんだね。
あの事件にまつわることで、僕にとって一番つらかったのがなにかわかる？　時がたっても、再びもとの生活に——少なくとももとの生活に似た生活に——戻ることができないことだ。別の言い方をすれば、もとの生活に戻ろうとすると、周囲に悪く取られることだ！　でも、二年もたてば、毎日のようにそのことばかり考えたりせずに、もとの生活に戻りたいと思うのも当然じゃないか？
誤解しないでほしい。僕のことを非情な奴だとも思わないでくれ！　あの当時からもう、僕は事件の原因じゃなくて、結果のほうに絶望していた。デニーゼは何年も気持ちの整理がつかず、諦めることも、警察に捜索を一任することも嫌がった。全部で七人の私立探偵を雇って——考えてもみてくれ、探偵七人だよ！――、安定剤の依存症になって、痩せこけてしまった。僕の日常は、一日一日がカオスだった。書くこともできなかったし、僕が朗読会を断らないと、デニーゼはそれを侮辱だと感じて傷ついた。

ごめん、職人が呼んでる。また後で！　そうそう、質問の答えだけど、進展はない。いまだになんの痕跡《こんせき》もない。まあ実際、それほど熱心に捜査が続いてるわけでもないんだけど。

クサヴァー

送信日：2012年2月22日
差出人：M・K
宛先：クサヴァー・ザント

クサヴァー

あなたのメールになんと答えていいのか、よくわかりません。

もしかしたら、ああいう出来事には、父親よりも母親のほうが深く苦しむものなのかもしれません。デニーゼが日常生活に戻れなかったのは、単に息子さんのことばかり考えていたからかも。

マティルダ

二十一分後
差出人：クサヴァー・ザント
宛先：M・K

親愛なるマティルダ
どうしていつも母の愛のほうが父の愛より強いってことになるんだ⁇　そんなの、もうとっくの昔にすたれたステレオタイプじゃないか！

僕はデニーゼがヤーコプのことを忘れられるよう、力になりたかった——少なくとも、ヤーコプのことばかり考えずにいられるよう。それで、発展途上国の子供を養子にしようと提案してみた。（当時デニーゼはもう、二人目の子供を授かることができる歳じゃなかった。）でも、そのせいでデニーゼは僕を憎むようになった。毎日怒鳴り合いばかりで、結局僕は家を出た。

なにもかも、本当に苦しかったよ！　何年も自分を苛《さいな》み続けるわけにはいかない。人生は続くんだ。僕がひどい事件から立ち直れずにいるのは、誰にとってもよくない。でもデニーゼはまさにその、誰にとってもよくないことを続けた。あのころの僕は、交通事故で子供を亡くした両親を羨《うらや》ましいと思うところまで行ってたよ。だってそれなら、どんなに悲しくたって、心のなかでけりをつけることができるからね。

クサヴァー

八分後
差出人：M・K
宛先：クサヴァー・ザント

元奥さんは、いまはどうなんですか？　けりをつけることができた？

送信日：2012年2月23日
差出人：クサヴァー・ザント
宛先：M・K

実を言うと、デニーゼがいまどうしているかは知らない。別居したのはもう十年も前だし、離婚してからも八年たってる。どうしても離婚したいと言ったのは彼女のほうだ。それ以来、僕たちは連絡を取っていない。デニーゼは基本的には、事件の責任は僕にあると思っていて、僕のことを決して許そうとはしなかった。
デニーゼはその後、同じような境遇にある人たちと被害者の会を作って、その仕事に取り憑かれていた。たぶんいまもそうだろう。あのころのデニーゼは、棒みたいにがりがりの体で、記者会見から記者会見へと飛び回っていた。

クサヴァー

追伸

バスルームの色、君ならどうする？　濃い赤錆色か、優しい黄色か？

五分後
差出人：M・K
宛先：クサヴァー・ザント

私がどんな色を選ぶか、わかっているでしょう。

三分後
差出人：クサヴァー・ザント
宛先：M・K

赤錆色？
鏡の前に立つたびに、君のことを思い出すよ。僕が歯を磨いてる横で、トイレに座ってた君の姿。

一分後
差出人：Ｍ・Ｋ
宛先：クサヴァー・ザント

もちろん赤錆色！

二分後
差出人：クサヴァー・ザント
宛先：Ｍ・Ｋ

早速職人に伝えるよ！

送信日：2012年2月24日
差出人：M・K
宛先：クサヴァー・ザント

どうしてデニーゼはあなたに責任があると思ったんですか？　興味があります。だって、息子さんが誘拐されたとき、あなたはその場にはいなかったんですよね。少なくとも、新聞にはそう書いてありました。

マティルダ

二時間後
差出人：クサヴァー・ザント
宛先：M・K

親愛なるマティルダ
あのころのこと、あの事件のことを書くのは、いまだにすごく、本当にものすごく難しい。

ヤーコプが誘拐されたとき、僕は確かにその場にはいなかった。書斎で仕事をしていたから。書斎は家の奥にあって、私道に面していた。つまり、庭には面していなかった。逆側にあったんだ。ヤーコプが寝ていたベビーカーは庭のリンゴの木の下に置いてあったんだけど、書斎はそこから二百メートルくらい離れていた。

だから、確かにその場にはいなかった。とはいっても、デニーゼ（と僕）の負担を減らすために、どうしてもベビーシッターを置こうと言い張ったのは僕だった。デニーゼはどちらかといえば神経質なタイプで、すぐにいっぱいいっぱいになっちゃうから。でも彼女自身は、本当はベビーシッターを雇うつもりはなくて、自分で息子の世話をしたがった。でもそれが見事なまでにできていなかった。しょっちゅう出かけてばかりだったせいもある。だから僕が、毎日何時間も息子の世話をしなきゃならなくて、まったく書く時間が持てなかった。結局デニーゼは、ベビーシッターを置こうという僕の説得に折れた。そしてそのベビーシッターの女の子が注意を怠って、気が付くとヤーコプはベビーカーにおらず、捜しても見つからなかった。今日にいたるまで見つかっていない。それがどんなにつらいことか、君にはきっと想像もつかないだろう。

クサヴァー

七時間後
差出人：M・K

宛先：クサヴァー・ザント
想像はつきます！
ベビーシッターはスウェーデン人でしたっけ？　いまでも連絡を取っていますか？　その人にとっても、きっとつらい出来事だったでしょうね。

送信日：2012年2月25日
差出人：クサヴァー・ザント
宛先：M・K

そう、ベビーシッターはリヴっていう名前で、スウェーデン人だった。出身はリンシェーピン、ストックホルムから南へ二時間ほど行ったところだ。リヴは当時、十九歳の若さで、まだまだ人生これからだった。頭のなかにはたくさんの計画や夢が詰まってた。ドイツで数年暮らした後、ストックホルムの大学で語学を学びたいと言っていた。リヴが僕らの目の前でキッチンに立っている姿が、いまでも目に浮かぶよ。長い金髪、緑の目、そばかす。陽気な子で、いつもしゃべってるか、笑ってるかだった。だけどあの一件で、リヴの人生も壊されてしまったと言っていいだろう。警察もメディアも、リヴを痛めつけた。もちろんデニーゼもだ。デニーゼは一度リヴを殴ったことさえある。あのときリヴは納屋で、だいぶ長い時間、スウェーデンにいる恋人と電話していた。そしてふと気づくと、リンゴの木の下に置いたベビーカーのなかで寝ていたヤーコプがいなくなっていた。ベビーカーは空っぽで、それ以来ヤーコプの姿を見た者はいない。一九九八年五月二十七日のことだ。

リヴとはもうほとんど連絡を取っていない。ときどきメールを交換するくらいだ。年に一、二回かな。リヴは結局、ストックホルムの大学には進まなかった。いまはリンシェーピンのどこかで秘書として働いている。結婚はしていないし、子供もいない。あまり幸せそうな印象は受けない。一度、いまでも毎日のようにあのことを考えると書いてきたことがある。

さあ、このへんでいい加減に話題を変えよう！　君の話をしてほしい。いいだろう？

クサヴァー

マティルダがクサヴァーに語る物語

午後に私が彼の住まいを訪ねると、彼はもういらいらしながら待っている。敷居をまたいだところで、すでに私の服を乱暴に引っ張る。私たちは即座に愛を交わし始める。彼は私の背中をもみ、私の乳首を吸い、貪欲に私に口づける。そして結局、あまりにも早く果ててしまう。傷ついた獣のような咆哮《ほうこう》とともに。この咆哮を聞くと、私の興奮は毎回のようによみがえる。それでもなんとか理性を保って、私たちはまず一時間のエクササイズをする。

私たちはこのエクササイズが好きだ。ジェーン・フォンダの古いエアロビクスのヴィデオを再生して、一緒に体を動かす。身に着けているのは下着だけ。全裸のときもある。ヴィデオのなかで飛んだり跳ねたりする人たちは、体をジェルでてかてか光らせ、にんまりと笑みを浮かべ、パステルカラーの水着にレギンスをはいて、髪型はドライヤーで整えてある。私たちはその姿を見て、倒れるほど笑う。正確には、倒れるほど笑うのは私だ。彼のほうはヴィデオのなかの動きやポーズを正確に真似《まね》しようと懸命で、笑うどころではない。毎日のエクササイズのおかげで、気分もよくなるし、健康も保てる。私たちふたりに必要な時間だ。ヴィデオが終わると、私たちはお互いに飛びかかる。汗まみれのほてった体で、私たちは二度目の愛を交わす。今回は、ふたりが一緒にオーガズムに達するまで、彼も我慢できる。その後、ふたりで食事をする。いつものように、完璧な晩だ。夜、私は彼が眠るまで待って、重いドアを閉める。

クサヴァー　ワオ、マティルダ！　信じられないな！　どういう話だよ？『プレイボーイ』に載せるために書いてるとか？

マティルダ　書いてなんかいない。頭のなかにしか存在しない話なの。

クサヴァー　で、君の頭はその物語でなにを言いたいんだと思う？　またセックスするべきだとか？

マティルダ　私がセックスしようがしまいが、あなたには関係ないでしょ。

クサヴァー　興奮するなあ。どうだい、これからふたりで――？

マティルダ　（笑って）やめて！

クサヴァー　昔の君は、全然違う話を作ってたのに。

マティルダ　へえ、どんな？

クサヴァー　お行儀がよくて品行方正な家族ドラマ。どうしてもっと前から、こういうエロティックで大胆な物語を作らなかったんだ？　だいたいさ――どうして昔の君は、もっと強気でもっと軽薄じゃなかったんだろう？　もしそうだったら、僕も――

マティルダ　僕も、なによ？

クサヴァー　出て行かなかったのに。そうすれば、その後のことも全部――つまり、あんな恐ろしい事件も――起こらずに済んだのに。
マティルダ　ちょっと、全部私のせいだって言いたいの？　私が、あなたが夢のなかで思い描く女とは違ったから、可哀《かわい》そうなあなたは出て行くしかなかったってこと？　そして金持ちで神経質な女に乗り換えたっていうの？
クサヴァー　ごめん。ごめん。ごめんってば！
マティルダ　あなたの身にあんなことが起きたのは、私のせいだってこと？
クサヴァー　ごめん、言い方が悪かっただけだよ！
マティルダ　あなたたちの子供が誘拐されたのは、あなたたちが怠惰だったからでしょ。夫婦そろって怠惰で、自分の子供の面倒も見られなかった。だから、まだ未熟な赤の他人を必要とした。
クサヴァー　僕かデニーゼが子守をしてたって、同じことが起きたかもしれないだろう。
マティルダ　（小声で）私がしてれば、起きなかった。
クサヴァー　ああ、そうだろうとも、君は完璧だもんな！　君はいつも完璧だった。完璧、完璧！　これまで間違いなんか犯したことがないんだろう、え？
マティルダ　そろそろ帰って。おやすみなさい。明日、学校で会いましょう。

クサヴァー・ザントに対する事情聴取記録
二〇一二年三月九日

刑事課所属刑事ヨーゼフ・ツァンガール（以下Ｊ・Ｚ） 身分証明書をお持ちですか？
クサヴァー・ザント（以下Ｘ・Ｓ） 運転免許証があります。
Ｊ・Ｚ 結構です。見せてください。クサヴァー・ザント、一九五八年三月一日生まれ。住所は？
Ｘ・Ｓ 去年引っ越しました。オーバーエスターライヒのヘークナースドルフ、シューロート一番地、郵便番号は四一三五。その前はベルリンに住んでいました。
Ｊ・Ｚ 職業は？
Ｘ・Ｓ 小説家です。
Ｊ・Ｚ それで、先ほどおっしゃったとおり、ヤーコプ・ゾンネンフェルト誘拐事件に関して、新しい証言をするためにいらしたんですね？
Ｘ・Ｓ そうです。
Ｊ・Ｚ わかりました。今日は二〇一二年三月九日。時刻は二十三時十五分。さて、なにがあったのか、最初から話してください。インスブルックにはいつから？

X・S　このあいだの日曜に来ました。三月四日です。午後四時ごろに着きました。
J・Z　正確にはどこに？
X・S　ベルクイーゼルヴェーク四十一番地にあるマティルダ・カミンスキの家です。マティルダはどこですか？
J・Z　隣の部屋で事情聴取を受けています。カミンスキさんとは親しい間柄ですか？
X・S　はい。以前、恋人どうしでした。ウィーンにいたころ。十六年間。
J・Z　いつのことですか？
X・S　一九八〇年から一九九六年までです。
J・Z　今回はカミンスキさんにどんな用事で？
X・S　彼女はインスブルックで国語教師をしています。聖ウルスラ女子ギムナジウムで。僕は今週、そこで創作ワークショップをやりました。
J・Z　つまり、カミンスキさんにそのワークショップをやってほしいと頼まれたということですか？
X・S　いえ、直接頼まれたわけじゃありません。複雑な話なんです。
J・Z　私の知能でもなんとか理解できるはずです。話してください。
X・S　ティロル州の教育省が、州内の十五の高等学校で創作ワークショップを開催したんです。一校につきひとりのオーストリア人作家が派遣されることになりました。どの作家がどの学校へ行くかは、くじ引きで決まりました。そういうわけで、僕はくじ引きでマティルダが――カミンスキさんが――教える学校に割り当てられたわけです。一月にメールで連絡を取って、日取りは三月五日から九日と決まりました。彼女に再会するのがとても楽しみでしたよ。

J・Z　日曜日の一六時ごろに到着なさったと。それからなにがありましたか？

X・S　特になにも。ふたりで楽しい時間を過ごしました。おしゃべりをしたり、コーヒーを飲んだり、ケーキを食べたり、散歩したり。それから、一緒に夕食を取りました。マティルダ――カミンスキさん――は、料理が素晴らしくうまいんです。音楽を聴いて、ワインを飲んで、ワークショップに参加する生徒たちのことを話しました。その後、僕は十時ごろにホテルに向かいました。

J・Z　カミンスキさんとどんなことを話しましたか？

X・S　ありとあらゆることを。昔のことを。最初から……友好的な雰囲気でした。ただ、二日目の晩には少し言い争いになったんで、早めにホテルに戻りました。

J・Z　なにについて言い争ったんですか？

X・S　それはどうでもいいことです。本題とは関係ありません。

J・Z　関係がないかどうかを決めるのはこちらです。

X・S　あなたの知能も、あなたの判断力も、みじんも疑っていませんよ。

J・Z　それはうれしいですね。

X・S　僕が馬鹿なことを言ってマティルダを責めたんです。僕が彼女と別れて別の女性を選んだのは、マティルダの昔の……なんと言ったらいいのかな……行動パターンが理由だと。それに、残念ながら、さらに馬鹿なことを言い続けてしまいました。つまり、もし昔のマティルダが……なんというか……あれほど品行方正で小市民的じゃなければ、僕は別れたりはしなかったし、そうだったら元妻と子供を作ることもなく、その子が行方不明になることもなかったと。だって、その子はそもそも存在してないはずですからね。いずれにせよ、こう言ったんです――「そうすれば、あんな恐ろしい事件は起こらずに済んだのに」って。それがカミンスキさんを怒らせたわけです。

J・Z　で、いまはどうお考えですか？　もしカミンスキさんがあなたと付き合っているころ、実際に違っていたら、本当に別れたりはしなかったと思いますか？

X・S　本当なら、そういう質問にはセラピストが相手でなければ答えないんですけどね。あなたには答えるべきじゃない。だって、話の本筋とは関係がないんですから。でも答えますよ。とにかく真実が明らかになってほしいと思っていますから。十六年たったいまなら、僕はこう言います。マティルダはそのままのマティルダでよかった！　ってね。当時そう考えられなかった僕が馬鹿だったんです。僕はデニーゼを――ゾンネンフェルトさんを――好きになって、そのせいでカミンスキさんと別れました。もちろん、ゾンネンフェルトさんの財産と知名度にも惹かれていたことは、認めないわけにはいきません。当時の僕は絶対に認めなかったでしょうけど。

J・Z　ちょっと話についていけないんですが。

X・S　あなたの知能なら大丈夫。当時の僕は、有名人と付き合うことは決してキャリアの邪魔にはならないと考えたんです。あのころ、仕事がちょうどうまく行き始めたところでした。でも、この運もすぐに尽きるんじゃないか、三部作のヒットは打ち上げ花火に過ぎないんじゃないかと不安でした。でも有名人と付き合っていれば、僕の知名度もただの打ち上げ花火じゃなくなる。そう思ったんですよ。といっても、言ってみれば無意識でそう思っていたんです。自分では絶対に認められなかった。ここ最近マティルダに宛《あ》てたメールのなかでさえ、認められなかった。マティルダの性格や行動とはなんの関係もなかったんです。いまならはっきりわかります。ただあのころの僕は、マティルダはあまりに品行方正で、あまりに小市民的で、あまりに俗っぽくて、あまりに退屈だから僕には合わないって、自分に言い聞かせて——ああもう、マティルダは全然そんなんじゃなかったのに——だからデニーゼを選ぶしかないんだって、心のなかで自分を正当化するために、そう言い聞かせる必要があったんです。でも、僕が選んだのはゾンネンフェルト家の知名度だった。それが真実です。僕は、キャリアを長引かせたいという望みのためにマティルダを犠牲にした。今ならそう表現します。そこで、さっきの質問への答えですけど——たとえ当時マティルダが違っていたとしても、僕は別れたでしょう！　そこが悲しいところなんですよ！　もしマティルダが違っていたとしたら、僕は別れを正当化するために、別の理由を見つけ出したでしょうね！　僕は、ゾンネンフェルトさんの隣に並ぶことで得られる知名度を、とにかく諦めたくなかったんです。

Ｊ・Ｚ　元奥様の生年月日は？　いまどちらにお住まいですか？　離婚したのはいつですか？

Ｘ・Ｓ　生年月日は一九五六年四月二十七日。いまはミュンヘンに住んでいます。シェーンベルク通り一一二番地。離婚したのは二〇〇四年の春です。
J・Z　わかりました。ミュンヘンの警察が、先ほど元奥様に連絡を取って、息子さんの件で新しい事実があると伝えました。
X・S　直接会う必要はありませんよね？　マティルダと元妻が――それに僕と元妻も――顔を合わせるのは嫌なんです。
J・Z　お約束はできません。さて、誘拐されたヤーコプ・ゾンネンフェルトは、あなたとゾンネンフェルトさんとの結婚でできたお子さんですね？
X・S　もうへとへとですよ。少し休憩しませんか？　水を一杯いただけないでしょうか？

マティルダ

ギムナジウムでの最後の四年間は、マティルダにとってこれ以上ないほど屈辱的な歳月だった。泣きながら眠る夜も多かった。ギムナジウムに入学した直後、父が家を出ていった。上の学校へ行きたいというマティルダの希望を、家族のなかでただひとり応援してくれたのが父だった。マティルダの母は、娘が働きに出て、家賃を入れてくれるほうがいいと思っており、「高学歴の人間」になどなんの有難みも感じないと、機会があるごとに娘に見せつけた。そういうわけでマティルダは、学校と両立可能な限りの時間、ベビーシッターとウェイトレスをして働き、服や学用品を買う金をひとりでまかなった。母からは、十五歳の誕生日を迎えた日以来、一シリングも受け取ることはなかった。

大学入学資格試験を終えると、マティルダは大学進学のためにウィーンへ引っ越した。母と弟を訪ねるのは、年にほんの二、三回だった。家に帰るたびに、母は口をへの字にしたまま、娘にグーゲルフプフ（鉢型のスポンジケーキの一種）とコーヒーを出すと、腕組みをして斜め向かいに腰を下ろし、つけっぱなしのテレビをじっと見つめるのだった。母娘のあいだには、話すことなどなにひとつなかった。

弟のシュテファンは、マティルダが家を出たとき十五歳だった。その後すぐに家具職人の見習いになり、十七歳でやはり家を出た。姉弟はふたりとも、どちらかといえば内向的な人間で、思春期にはそこそこ仲がよかった。だが幼いころのマティルダは、母がお気に入りだと明言する弟に激しく嫉妬していた。ふたりとも、狭苦しくてかび臭いアパートから逃げ出して、両親とはまったく違う人生を歩みたいと思っていた。だがマティルダは、シュテファンには無理だろうと考えてもいた。シュテファンはおとなしい——あまりにおとなしい人間だった。それに、考えるにも学ぶにも時間がかかり、どんな学問分野にもまったく興味がなかった。マティルダはよく、弟はきっと、でっぷりと太った怠惰な大人になり、母と同じようにテレビの前に座って一生を終えるに違いないと想像した。ビール瓶を手に、げっぷとおならを連発するシュテファンの姿が、目に見えるようだった。隣には同じようにだらしない恋人がいて、シュテファンが無職だという理由で、絶えず喧嘩ばかりしているのだ。

そんな光景を思い描くと、胸がすくようだった。自分だけが成功するのだ。ママのお気に入りの息子ではなく、この自分が、母に見せつけてやるのだ。少女のころの自分に、ギムナジウムに通っているくらいでいい気になるな、どうせいずれはお前も、母親の自分と同じような人生をたどるのだ、なにしろ高みを目指す者はうんと下まで落ちるものだから、と絶えず怒鳴り続けた母に。いつの日か、立派な大人の女性になって、母を豪邸に招待してやる。そして一緒に夕食を取るのだ。自分の隣には、教養があって親切な夫と、しつけがよくてかわいらしい子供たちがいる。家政婦が静かに給仕をする。そして母は、嫉妬で青ざめるだろう。

未来のその瞬間に向かって、少女時代のマティルダは生きていた。その瞬間を現実のものにするために勉強するのだと、自分に言い聞かせ続けた。

再会前にマティルダとクサヴァーが交わすメール

送信日：2012年2月26日
差出人：クサヴァー・ザント
宛先：M・K

さあ、君の番だ！

八時間後
差出人：M・K
宛先：クサヴァー・ザント

親愛なるクサヴァー
私は毎日、愛車のゴルフで通勤しています。学校では国語と、少しだけ英語の授業も受け持っています。教師になって三十年ですが、いまだにこの仕事が好きです。これほど長いあいだ教師をやってきたというのに、ほかの仕事に就くことなんて想像もできません。知人の多くは信じてくれませんし、あなたも同様かもしれませんが、これは本当のことです。

同じことの繰り返しを、私は面倒だとも退屈だとも思いません。むしろ心地よく感じます。繰り返しは私に自由と安心感を与えてくれます。学校へ行くのが楽しみですし、教室にいるだけで元気がでます。だけど、それだけではありません。私には、学校特有の生き生きした空気が必要なんです。休み時間の生徒たちの喧騒、授業での文学についての議論、同僚たちとの会話といったものが、私には欠かせません。事務室にひとりで座って黙々と仕事をするなんて無理です。ときどき、特に冬には何週間にもわたって、自分の私生活をあまりに孤独だと感じることがあります。だから、仕事でまで孤独を感じたくありません。(賭《か》けてもいいけど、あなたはこれを読みながらもう退屈しているでしょう。)

私の一日は、月曜日から金曜日まで常に同じです。午後一時半まで授業をして、昼は学校の食堂で取るか、家でなにか簡単なものを作って食べます。午後には庭仕事をしたり、散歩に行ったり、ハイキングをしたり、季節によってさまざまです。そして夜には次の日の授業の準備をして、生徒たちのテストの採点をしたり、宿題の添削をしたりします。しばらくのあいだ、午後に昼寝をする習慣があったのですが、これはあまり私には合っていませんでした。眠ってから二時間後に目を覚ますと、憂鬱《ゆううつ》な気分になっており、おまけに夜には眠れなくなるからです。そういうわけで、そのうち昼寝はやめました。

私はこんな日常生活を愛していますし、日常生活なしでは生きていけません。人が食べ物と飲み物を必要とするように、私は一日の決まった流れを必要としています。日々の単調な繰り返しを完全に受け入れ、それを遂行することで、ときどき自分の人生と和解できる瞬間が訪れるのです。(これはなかなかうまく書けた美しい文章だと思いませんか?)

そんな瞬間が訪れるのは、たいてい朝、陽光の射すキッチン(東向きなんです)に足を踏み入れるときです。どの作業も、何年ものあいだに慣れ親しんだ順序で行われます。ラジオのスイッチを入れて〈オーストリア1〉局をかけ、窓際の花に右から左へと水をやって、コーヒーメーカーのスイッチを入れて、カップを棚から、パンを引き出しから、バターとジャムを冷蔵庫から取り出して、テーブルに並べる。それからだいたい三十分くらいテーブルの前に座って、朝食を取り、音楽を聴いて、庭で育てているバラを眺める。そんなとき、慣れ親しんだ日常をしみじみと実感します。日常が私の意識に入り込み、広がっていくのを。ときどき、生徒たちや、ときには同僚たちもが、日常生活に抗《あらが》い、反旗を翻すのを見かけます。彼らはパーティーや行事に出かけよう、なにかの催しに参加しなければ、と懸命です。いつも大勢の人間に囲まれて、必死で活動的であろうとする。フェイスブック、ツイッター、躍動、喧騒、あらゆる場に居合わせなければという強迫観念——そんなものを目の当たりにして、私はただ苦笑するばかりです。

さて、クサヴァー、今日はこのへんで。おやすみなさい。明日また続きを書きます。私の退屈な生活について、まだ読みたいと思ってくれればの話ですけど。

マティルダ

八分後
差出人：クサヴァー・ザント
宛先：M・K

もちろん読みたいよ……

……特に、いま君にパートナーがいるのかどうか知りたいな。それじゃあ、おやすみなさい。本音を言えば、寝る前に君と赤ワインを一杯飲みたいところなんだけど！

クサヴァー

送信日：2012年2月27日
差出人：M・K
宛先：クサヴァー・ザント

おはよう、クサヴァー！

週に一度、友人のシルヴィアに会います。シルヴィアがうちにワインを飲みにくるか、一緒に劇場や映画館や朗読会に行くか、週末にハイキングをするか。毎年夏には、一緒に一週間の旅行をします。去年はアイルランドを周遊しました。雨ばかりで、私たちも飲んでばかりでした。（酔っぱらって、本当にテーブルの上で踊ったんですよ――冗談じゃなく《ノー・キディング》！）

一か月に一度、三人の同僚と、私の自宅で一種の読書会のようなものを催します。本を読んで、感銘を受けたものについて語り合うんです。ときには映画を見たり、一緒に料理をしたりします。毎年クリスマスには、弟が妻と、ケヴィンとデジレーというふたりの子供とともに、オランダからやってきます。

弟のシュテファンとは、残念ながらいまだによそよそしい関係です。努力はしているのですが、弟は私に対して心を開いてくれません。でも奥さんのナタリーとはとても仲良くしています。ナタリーは思いやりがあって、愛情にあふれた人です。弟夫婦に会うたびに、素晴らしい伴侶《はんりょ》を見つけるという幸運に恵まれた弟がうらやましくなります。

ときどき夏に、姪のデジレーがひとりで訪ねてきます。私の名付け子でもあるデジレーを、私は甘やかしていて、お小遣いもたっぷりあげます。そうしてやるのがうれしいんです。どうやらデジレーは、いつか家を出るときに、私からの援助を期待しているようです。初めての車だとか、初めて独り暮らしをするアパートだとかのお金を。私はその期待を否定するようなことはなにも言いません。それに、たぶん本当に援助してやることになるでしょう。

実家には、母が亡くなって以来もう帰っていません。ウィーンに行くこともまったくありません。でもカーリンはときどき、インスブルックに私を訪ねてきます。最初の数年は毎回のように、少しだけスキャンダルを期待する目で、あなたのことを尋ねてきました。初めのうちは、私がまだあなたのことを考えているかという質問で、そのうち、あなたから連絡はあったかという質問になりました。一度、あなたの名前を口にするのをやめてほしいと、カーリンにはっきり言い渡したことがあります。するとカーリンは我を忘れたように怒り出しました。そしてその後は、あまり訪ねてこなくなりました。

とにかく、そんなこんなで、私は穏やかな人生を送っています。もっと違った人生だったらよかったのにと思っていた時期もありましたが、ここ一、二年は折り合いをつけました。少なくとも、たいていのこととは。

マティルダ

追伸

それから、答えはノーです。結婚はしていないし、子供もいませんし、いまのところ恋人もいません。最後に男性と付き合ったのは二年前です。

四分後
差出人：クサヴァー・ザント
宛先：M・K

その彼氏の名前は？　なにをしてる人？　どれくらい付き合ってた？

送信日：2012年2月28日
差出人：M・K
宛先：クサヴァー・ザント

好奇心丸出し！　彼の名前はマルティンで、州立劇場の監督でした。付き合っていたのはほぼ二年間です。関係を終わらせたのは私のほうでした。彼のことをじゅうぶんには愛せなかったので。ほかにも同じように終わった関係がふたつあります。いつも、私のほうがじゅうぶんな愛情を持てずに終わりました。

ところで、そちらはどうですか？　いま付き合ってる人はいますか？

三時間後
差出人：クサヴァー・ザント
宛先：M・K

親愛なるマティルダ
いや、いま恋人はいない。ほしいとも思わない。いまは足りないものなんてないし、寂しくもない。いやまあ、正直言えば、ときどきはやっぱり寂しいけどね。ベルリンに住んでいたころの最後のほうの恋愛は、どれもうまく行かなくて、大惨事で終わったり、変に無関心なまま別れたりした。どれも思い出したくもないよ。相手の名前さえ憶えていない。
クサヴァー

三分後
差出人：M・K
宛先：クサヴァー・ザント

親愛なるクサヴァー
あなたの二年前の恋人は、キャットと名乗っていました。本名はコリンナ・なんとかだったのに。職業は刺青師でした。
マティルダ

四分後
差出人：クサヴァー・ザント
宛先：M・K

思い出すのを手伝ってくれてありがとう☺！
でもどうして知ってる？　この十六年間、探偵を雇って僕をスパイさせてたとか？

送信日：2012年3月1日
差出人：M・K
宛先：クサヴァー・ザント

ちょっと、あなたは有名な青少年文学作家なんですけど。ときどき雑誌に記事が載ったし、いまでも載るでしょう。私は全部集めています。二年前、〈ブンテン〉誌にあなたの記事が載りました。記事の横に、あなたと当時の恋人キャットの写真がありました。ちょうどベルリンのナイトクラブから出てきたところで、ふたりともべろんべろんに酔っぱらっていて、大暴れして歩行者のひとりに暴力をふるったでしょう。ジャーナリストは、あなたのことを、何年も前に息子を誘拐されたかつての有名作家だけど、現在は重度のアルコール依存症で、治療を受けるつもりでいると書いていていました。本当ですか？

マティルダ

送信日：2012年3月2日
差出人：クサヴァー・ザント
宛先：M・K

親愛なるマティルダ

僕の最後の恋人が刺青師で、キャットと名乗っていたのは本当だ。でも重度のアルコール依存症だとか治療だとかは違う。たぶんそういうのは、報道の自由の範疇《はんちゅう》なんだろうな。確かに何年も、飲みすぎだったのは事実だ。でも依存症ではなかったし、〈シューロート〉に引っ越してきてからは、酒量もコントロールできるようになった。いまではときどき晩にビールかワインを一杯飲むくらいだよ。

ヤーコプが誘拐された日以来、僕は地獄を生きてきた。あの日、僕の人生は壊れた。そしていままでも壊れたままだ。なにもかもが壊れた。あれ以来、僕の生活は瓦礫《がれき》の山だ。いや、僕自身が瓦礫の山そのものだと感じる日も多い。自分がどんどん細かく砕けていって、何千もの破片になってぼろぼろと崩れ落ちるような感覚を、しょっちゅう抱く。真夜中に恐怖のあまり汗びっしょりで飛び起きると、ヤーコプの泣き声が聞こえるような気がするんだ。

マティルダ、もうすぐ会えるね。僕がどれほど再会を楽しみにしてるか、どれほど興味津々で、興奮してるか、とても言葉では表せないよ！　もうすぐ君に会えるっていう思いが、この数週間、僕を支えてくれた。いまになって初めて気づいたよ。僕が過去を振り返るとき、思い出して幸せな気持ちになるのは、君との関係だけだって。本気で言ってるんだ。君と過ごした時間が、一番幸せだった。

クサヴァー

追伸
日曜の午後に会おう。それまで元気で！

マティルダ

マティルダの母マルタは一九二六年生まれで、五人のきょうだいとともに、リンツから車で三十分のところにある大きな農場で育った。長女だったマルタは、子供のころからたくさんの手伝いをさせられ、学校を卒業すると、長兄の農場で働いた。一家はマルタの労働力なしには立ち行かなかったからだ。一日に十二時間の農作業をすることも珍しくなかったが、ほとんどの場合、どんな形の報酬も支払われず、社会保障も一切なかった。三十歳を過ぎてから、マルタはパウル・カミンスキと結婚した。建設会社の臨時雇いとして働いていた、インスブルック出身の男だ。当初ふたりは農場の小さな一部屋で暮らしたが、やがてリンツの社会福祉団地に住居を見つけた。わずかな持参金を支払うことを兄が拒絶したために、マルタと実家は喧嘩別れをした。

パウルのただひとりの姉であるマリアには子供がおらず、おまけに一家がマリアを訪ねることは稀だったため、マティルダと弟のシュテファンは、親戚を知らずに育つことになった。母は子供たちを、自分の実家の家族には頑として会わせようとしなかった。マティルダと弟は、幼いころには団地の中庭でさまざまな子供たちと遊び、喧嘩をしたが、やがてカーテンで間に合わせに仕切ったちっぽけな部屋に引きこもって過ごすようになった。マティルダが読書をしようとする一方で、シュテファンはヘッドフォンで音楽を聴いた。

母は当初、家で子育てに専念していたが、シュテファンが幼稚園へ上がると、建築資材店の清掃係として働き始めた。ほかの仕事は見つからず、母は自分がなんの職業教育も受けられなかったことを嘆いた。母が世をすね始めたのはこのころで、母の不満と不機嫌によって、いずれにせよささやかだった一家の幸せは、完全に消え去った。

マティルダの母が決して許すことができなかったのは、実家の家族からなにひとつ相続させてもらえなかったという事実だった。ベッドカバー一枚、テーブルクロス一枚さえ持って出ることを許されず、結婚式の費用も百シリングさえ負担してもらえなかった。家族のために職業教育も諦め、何年も無償で重労働をしたというのに。母はあらゆる機会にそう嘆いた。木目張りの部屋と広々した牧草地に慣れた農家の娘である母は、社会福祉団地の狭苦しい賃貸住宅になじめず、次第に嫉妬と憎悪に呑《の》み込まれ、荒《すさ》んでいった。結局のところ、母は農村での生活に戻りたいと思っていた。本来の自分は農場を所有する人間であり、自分の思い通りに采配《さいはい》を振ることのできる農場の女主人なのだと思っていた。世をすね、とてつもなく太っただらしない姿で、母は空いた時間にはただじっと座って、テレビを眺めていた。声が大きく、支配的で、押しの強い母の性格のせいで、一家には朗らかさなどみじんもなく、家族一緒に遊ぶことも笑うこともなかった。週末にも、家族でどこかへ出かけることなどなかった。一日に何度も、母とマティルダは喧嘩をした。マティルダは母の避雷針そのものであり、母の不満のすべてが集中する相手だった。母はマティルダを、ブス、デブ、馬鹿と罵《ののし》った。将来ろくな人間にならない女だと。子供のころのマティルダは、母のことを怖いと思っていた。だがやがて、十二歳になったころ、母を憎み始めた。ときに祖母や伯母が電話をしてきて、農場へ来ないかと子供たちを誘ってくれることがあった。だが母は訪問を決して許さず、延々と実家の悪口を言い続けた。特に、農場を相続した長兄と、その妻のことを、まるで犯罪者かなにかのように罵るので、マティルダと弟シュテファンには、伯父と伯母が怪物であるかのように思われた。マティルダなどは、伯父夫婦が出てくる悪夢を見るほどだった。

マティルダが七歳のとき、弟のシュテファンが重度の喘息《ぜんそく》の発作に襲われ、母が病院へ連れていくことになった。仕事に行かねばならない父は、取り急ぎマティルダを母の実家の農場に預けた。マティルダはそこで三週間過ごした。そこはまさに天国だった。

マティルダは当初、実際の農場が母の話となぜこれほど違うのかがわからず、すっかり混乱した。なにひとつ、母が話したとおりではなかった。欲深い悪人などどこにもおらず、いるのはただ、穏やかで勤勉で親切な人たちだった。彼らは人生を肯定的にとらえ、常にあらゆるものに不満を述べたてたりはしなかった。

祖母は毎朝、マティルダの髪をとかして、三つ編みに結ってくれた。母は決してしてくれないことだった。祖母はマティルダにパン生地をこねさせてくれ、昔の話を聞かせてくれ、マティルダが腹痛を覚えたときには、おなかをさすってくれた。誰かが自分に触れているという感覚は、心地よかった。伯母はマティルダの手を取って、家畜小屋へ連れていってくれた。そこでマティルダは子牛をなで、母牛のぱんぱんに張った乳房をつかんで、温かな牛乳を飲ませてもらった。

だがなによりも素晴らしかったのは、牧草地の緑と静けさと広さ、そして香りだった。マティルダは何時間もひとりで草原を歩き回った。あるとき、長いあいだ牧草地に寝そべって、あたりの花々や虫たちを眺め、青い空と暗い森に交互に視線を移して過ごした。突然、この世界をあまりにも美しいと思い、涙が出てきた。

伯父と伯母には三人の子供がいた。マティアス、ヘルムート、そして、マティルダより四歳下の末っ子アンナ。マティルダは大きな部屋で彼らと一緒に眠り、毎晩のように枕投げをして楽しんだ。昼間も四人はいつも一緒だった。三人の従兄妹《いとこ》はマティルダの世話を焼き、遊びや農場での手伝いにマティルダを引っ張り込んだ。マティルダはいじめられることもなく、田舎の暮らしをほとんど知らないといって笑われることもなかった。日曜日の礼拝に行く前には、マティルダが恥をかかないように、従兄妹たちがあらかじめ、いつなにを言えばいいか、なにをすればいいかを教えてくれた。生まれて初めて、マティルダは本物の家庭生活とはなにかを知った。町へ戻らなければならないときには悲しかった。いまでは以前よりさらに狭苦しく感じられる、ちっぽけな住居。草など一本も生えていない、すぐ横を車がびゅんびゅん通りすぎる汚い中庭。

水色のディルンドル（オーストリア女性の民族衣装）を着て、太い二つ編みを王冠の形に複雑に巻いた頭で、恐る恐る住居に足を踏み入れたマティルダは、母が呆然《ぼうぜん》と口を開けるのを見た。母は怒り狂い、マティルダを怒鳴りつけた。大農場の娘にでもなったつもりか、お前はそんなたいそうな娘じゃない、おまえなんかつまらない人間だ、私たち家族四人はみんな、ちっぽけなつまらない人間なんだ、と。母はいきなりマティルダにつかみかかって、お下げをほどき、裁ちばさみを手にした。はさみを手に、笑いながらマティルダの前に仁王立ちして、怯える娘の顔を覗き込んだ。父が小さなトランクを手に部屋に入ってくると、母ははさみをテーブルに戻し、マティルダに向かって、部屋へ戻って着替えるようにと命じた。

その後、マティルダは延々と懇願し続け、二度、数日間だけ、祖母のもとを訪れることを許された。だが、最初に訪問したときのような素晴らしい時間は、二度となかった。三度目に訪れたときは弟のシュテファンが一緒で、すべてが弟を中心にまわり、マティルダはひどく嫉妬した。

マティルダとクサヴァーの十六年ぶりの再会

クサヴァー　昼ご飯を奢《おご》らせてくれないかな？　昨日の、考えなしで馬鹿で思い上がった発言のお詫《わ》びに。十六年前に、こっそり出て行くなんて取り返しのつかない卑怯なことをしたお詫びに。
マティルダ　（笑って）じゃあ、奢ってもらう。
クサヴァー　近くにいいレストランを知ってる？
マティルダ　そこの横道に、いいカフェがあるわ。お昼ご飯もおいしい。
クサヴァー　じゃあ、行こうか？

＊

クサヴァー　ねえ、あの生徒が僕になんて訊いてきたか、知ってる？　ほら、五年生の、目から鼻へ抜けるような賢い黒髪の子だよ。少し小柄な。
マティルダ　ヴァレンティナ？
クサヴァー　そう。僕たちは親戚なのかって訊くんだ。
マティルダ　そんなことを訊いたの？

クサヴァー　うん。だから僕は、どうして僕たちが親戚だと思うのかって訊き返した。
マティルダ　なんて答えたの？
クサヴァー　それが、ヴァレンティナはこう言ったんだ。ザント先生は、カミンスキ先生――私の国語の先生――と同じくらいよくしゃべるし、話し方が同じくらい洗練されてるからです。
マティルダ　洗練されてる？　本当に洗練されてるって言ったの？
クサヴァー　そうなんだ。要するに、翻訳するとこういうことだろうな――お前ら年寄りは得意になってべらべらよくしゃべるし、おまけに話を盛りやがる。
マティルダ　私たちの話し方が似てるってことか。十六年の歳月はだてじゃないわけね。
クサヴァー　ほんとに、付き合い始めたころはよくくっちゃべったなあ。憶えてる？　パウル、ゲオルク、カーリン、君、僕。いつもつるんで、延々としゃべってばかりいた。なにかの競技みたいにさ。誰が一番よく口を開くか？　大事なのは、誰が一番考え抜かれた意見を言うかじゃなくて、誰がとにかく一番早く意見を言うかだったもんな。話題がなんだろうと関係なく。要するに、誰が一番早口で怒鳴れるかって感じだった。あの最初の数年が、間違いなく一番うるさい歳月だったな。
マティルダ　私にとっては、クラインドルガッセで暮らした時期が一番幸せだった。
クサヴァー　学校で授業するのが楽しかったからだろ。君はいつも、自分はもう働いているのに、僕のほうはまだだらだら学生をやってるって、言い続けたもんな。教師になってから、君の自信は一メートルくらい急成長したよ。

マティルダ　いつもそう言い続けたのはあなたのお母さんでしょ。私じゃない。
クサヴァー　おっと、確かに。
マティルダ　私は、あなたがいつまで学生でいようと、どうでもよかった。作家と付き合ってることが、誇らしくてたまらなかったから。
クサヴァー　友達みんなに自慢してたもんな。
マティルダ　あなただって、自慢されるのがうれしかったでしょ。
クサヴァー　そりゃそうさ。
マティルダ　クラインドルガッセに住んでたころのあなたは、毎日せっせと執筆してた。あの規律正しさには感心したし、この人はきっと成功するって、私も熱くなってた。
クサヴァー　僕たちの十六年間を、四年ごとに四つの期間に区切るとしたら、問題が持ち上がってきたのは第三の期間だったと言えるね。
マティルダ　そのころには、あなたももうあんまり執筆に熱心じゃなかったし。
クサヴァー　それに、母ももう仕送りしてくれなくなった。
マティルダ　そして私の母は、私たちの窮状を見て喜んだ。私にとってはそれが一番つらかった。
クサヴァー　ええ？　そんなこと、一度も話してくれなかったじゃないか。付き合いが長くなればなるほど、君は自分のことを話さなくなったよな。
マティルダ　どうして話せるっていうのよ？　あなたは母のこと、いずれにしても嫌ってたじゃない。

クサヴァー　君だって嫌ってた。
マティルダ　そうね。
クサヴァー　話してくれ。どうしてお母さんは喜んだ？
マティルダ　人の不幸が嬉しい人間だったの。それだけ。私たちが経済的に困ってたこと、あなたの本が売れてなかったこと、私たちがよく喧嘩してたこと、そういうことが嬉しかったのよ。
クサヴァー　そんなこと、どうやって知ったんだろう？　君はお母さんとはほとんど口をきかなかったじゃないか。
マティルダ　弟から無理やり聞き出したの。弟は知ってたから。どっちにしても、私がクリスマスに実家に戻ったとき――
クサヴァー　（笑って）クリスマスとお母さんの誕生日に、いやいや家に帰る前の君は、いつもすごく不機嫌だったな。
マティルダ　実家に戻って、クリスマスツリーの横に座ってたとき……シュテファンとナタリーもその場にいた。母がにやにや笑いながら、私に言ったのよ。ねえ、あんたのところの負け犬はどうしてる？　いまだに稼いでこないの？　あんたが全部払ってやってるの？　だから言ったでしょ、もの書きなんてなんの役にも立たないって。左官のほうがよっぽど稼ぐわ――そんなようなこと。
クサヴァー　ひどいな。もの書きなんてなんの役にも立たないって言ったのか？　そのことも、一度も話してくれなかったじゃないか。

マティルダ　付き合い始めて二年たったころに、彼氏がいるって母に言ったの。ちょうど一緒に暮らすアパートを探してるところだったから。そうしたら母は、すぐさまあなたの職業を訊いた。名前でも、どこの出身かでもなくて、職業だけ。母にとってはいつも、人がどんな職業についてるかがすごく大事だったの。性格なんてどうでもよかった。まあそういうわけで、訊かれたから答えたのよ、あなたが作家だって。でも母は最初、さっぱり理解できなかった。だから、本を書いてるんだって説明したの。そうしたら母は笑い出した。けたたましい声で笑い続けて、いつまでもとまらなかった。それから私にこう訊いたの——もっとまともな男を見つけられなかったのかって。私たち大学生にとっては、芸術家って特別な存在だったけど、母にとっては冗談みたいなものだった。

クサヴァー　最後のころ、お母さんの体重、何キロくらいだった？

マティルダ　二百キロ近かったと思う。

クサヴァー　お母さんと最初に会ったときは、傑作だったな。

マティルダ　傑作？　あなたのこと、上から下までじろじろ眺めて、一日中、ひとことも口をきかなかったじゃない。

クサヴァー　でも、いびきは聞かせてくれた。

マティルダ　え？

クサヴァー　君が初めて僕を実家に連れていってくれたとき。一緒に暮らし始めてもう三年たってたな。君が実家に帰らなきゃならないときに、一度連れていってほしいって、散々頼みこんだ末に、やっとだった。君は僕と家族を引き合わせるのを頑《かたく》なに拒み続けてた。

マティルダ　恥ずかしかったから。でも、恥ずかしいと思ってることをあなたに言うのも嫌だった。

クサヴァー　言う必要なんてなかったよ。丸わかりだったから。まあとにかく、お母さんの誕生日のお祝いに僕も一緒に行ったとき。いつのことだっけ？

マティルダ　八五年の四月五日。

クサヴァー　そうそう。僕たちはあの狭い台所でコーヒーを飲んで、ケーキを食べながら、ぎこちなく天気の話なんかしてた。そうしたら、君と弟さんと、弟さんの当時の彼女が、いきなり立ち上がって、旧市街に散歩に行く準備を始めただろ。僕はもう少しコーヒーを飲みたいから、後から合流するって言った。それで、お母さんの向かい側に座って、二杯目のコーヒーを飲んだんだ。お母さんはケーキを貪《むさぼ》り食うと、手で口をぬぐって、その後両手をでっぷりした腹の上で組んで、眠り込んだ。テーブルについたまま、寝ちゃったんだよ！

マティルダ　うん、そんなのしょっちゅうだった。

クサヴァー　でも、あんなに急に！　さっきまで、あのブタみたいな目で僕をじっとにらんでたと思ったら、次の瞬間にはぐっすり寝てるんだからな。いや、最初は目をつぶっただけだったんだと思う。ところが、すぐにいびきをかきはじめたんだ！　僕の目の前に座ったまま、ものすごく大きないびきをかくんだよ。信じられない音だった。大きくて、ガーゴーゴーっていう、人間が発してるとは思えない音でさ。逃げ出そうとしたんだけど、そこで、君のところのあの狭い台所で、罠にはまったことに気づいた。
マティルダ　角に座ってたの？
クサヴァー　そうなんだ。お母さんはドアの前の椅子に座ってて、僕は奥の角だった。廊下に続くドアは開いてはいたんだけど、あのすさまじい肥満体が出口を完全に塞《ふさ》いでた。完全にだよ！　右にも左にも、僕が通り抜けられそうな隙間は十センチもなかった。出口は塞がれてて、バリケードになってるあの巨大な腹が、いびきをかくたびにぶるぶる震えてさ。
マティルダ　（笑って）で、どうしたの？
クサヴァー　しかたがないから、テーブルの下にもぐって、状況を確認した。つまり、椅子を確認した。お母さんが気づいて目を覚まさないように、椅子の下を匍匐《ほふく》前進して潜り抜けられるかどうか、考えた。
マティルダ　本当に椅子の下を潜って出たの？
クサヴァー　うん。死の恐怖を克服してね。ほんとに怖かったよ。もしも椅子が壊れたら、下敷きになって窒息死だからね。ようやく外に出たら、君は、こんなに長いあいだなにをしてたんだ、どうしてそんなに汚れてるんだって訊いた。でも僕は、たったいま自分の服で台所の床掃除をしてきたってことは、話さなかった。いやあ、ほんとに変わったお母さんだったな。
マティルダ　変わった、じゃない、ひどい母親だった。私にとっては、実家のなにもかもがひどかった。あなたのお母さんのこと、というか、そもそもあなたの田舎での子供時代のことを、うらやんでばかりだった。そういえば、お母さん、どうして亡くなったの？

クサヴァー　病院で、肺炎で。僕もベルリンから車でヴェルスまで駆けつけたんだけど、着くのが一時間遅かった。
マティルダ　悲劇よね。あの家を維持しよう、一族を存続させようって、あんなに一生懸命闘ったっていうのに、その闘いの果てに、なにが残った？　病院でひとりぼっちで亡くなるなんて。
クサヴァー　でもまだ僕が残ってるじゃないか。
マティルダ　でも、あの家をあなたの後に維持していく子供は、もうできないでしょう？

マティルダ

母の実家の親戚たちは、クリスマスとマティルダの誕生日に、毎年手紙をくれた。マティルダはときどき返事を書いた。マティルダの初聖体拝領のお祝いには、驚いたことに、招待されていなかった祖母と伯父と伯母がやってきた。彼らはレストランでの食事の代金をすべて払ってくれたが、それでも母は、彼らとひとことも口をきかなかった。マティルダは一日中、冷や汗をかきっぱなしだった。感謝の念から、親戚たちを楽しませねばと必死だったにもかかわらず、ほんの数分で話題が尽きてしまったからだ。寡黙な父も弟も、なんの助けにもならなかった。堅信式と大学入学資格試験に合格したときには、伯母から現金の入った手紙をもらったが、その後は何年も音信不通になった。

マティルダの心が一番やすらぐのは、本を読んでいるときだった。よく何時間もベッドに寝転がったまま、貪るように本を読んだ。本は市民図書館から借りた。ときどき父が本屋に連れていってくれて、本を一冊買ってくれた。

十五歳になったとき、マティルダの本棚には二十冊の本があった。デュマの『モンテ・クリスト伯』もそのなかの一冊だった。父が家を出ていく前にプレゼントしてくれた本だ。マティルダが、父が味方になってくれたおかげでなんとか進むことのできた上級ギムナジウムに入学して半年ほどたったころ、父はほかの女性と知り合って、家族を捨てた。母は我を忘れて怒り狂い、虚脱状態に陥った。母のほうもすでに父を愛してはいなかったが、それでもほかの女に奪われるのは許しがたかったのだ。それから母はすっかり荒み、世を恨んで、マティルダに対してさらに敵意をむき出しにし、意地悪くあたるようになった。

マティルダは、学校から家に帰るときには、常にあらゆることに対して心の準備を整えておかねばならなかった。実際、父が出ていってから最初の事件は、マティルダの本がすべて消えるというものだった。本棚には一冊の本も残っていなかった。膝が震えて、マティルダはベッドに腰かけねばならなかった。そうでなければ、倒れていただろう。呼吸が浅く、速くなった。なんとか気持ちを落ち着けようとした。生まれて初めて、マティルダは大声で母に食ってかかった。だが母はなにもしていないと言い張り、人に貸して忘れてしまったんだろうとか、シュテファンが持っていったんだろうと、にやにや笑いながら答えるのだった。数日後、マティルダは居間にある薪《まき》ストーブのなかに、びりびりに破れた本のページと灰の山を見つけた。ベッドに横たわったマティルダは、憎しみで窒息しそうだった。だが同時に、自分にはどうすることもできないのもわかっていた。マティルダはまだ未成年であり、母が思いのままにできる存在なのだ。こうしてマティルダは、十八歳の誕生日までの日数を数え始めた。もう本は買わず、すべて図書館で借りて、夜ごと異なる場所に隠した。

父は穏やかで内向的な人で、実際のところマティルダは、父がなにを考え、なにを感じているのか、人生になにを期待しているのか、なにひとつ知らなかった。慎《つつ》ましい人で、なんの要求もせず、居場所も求めなかった。台所のテーブルの前に座ってベーコンを細かく刻んでいても、ソファの端に座ってテレビのニュースを見ていても、ときに、まるでその場にいないかのように思われることがあった。父は、妻とふたりの子供を持ち、小さなアパートに住んでいるだけでじゅうぶんで、それ以上のものは求めなかった。野心などひとかけらも持たず、おそらく知性も欠けていた。父が新聞を読んでいるのも、文字を書いているのも、マティルダは見たことがなく、やがて、父は読み書きができないのではないかという疑いを深めていった。父は建設作業員の仕事に満足していたが、家族のために自分で家を建てようとはしなかった。銀行で何十年ものローンを組むのを嫌がったのだ。だが本当は、詳細なローンの契約書が怖かっただけなのかもしれない。父の意見では、銀行員などというものは、スーツを着たあらゆる人間同様、ただのちんぴらに過ぎず、そんな若い銀行員の前で契約書を読まねばならないはめになるのを、恐れていたのではないだろうか。もし母が愛情あふれる優しい女性で、家事をきちんとこなしていたなら、おそらく父は世界で一番幸せな人間でいられたことだろう。

二十年近く働いた建設会社を解雇されたとき、父は仕事とともに、仕事に対するモラルも失った。その後はどの会社でも長続きせず、失業期間が長くなり、酒を飲むようになった。両親は互いにむっつりと黙り込んでいるか、そうでなければ、母が父に向かって怒鳴り、父が黙って家を出ていくかだった。両親はどちらも、それぞれのやり方で、人生が失敗に終わった責任を相手になすりつけた。母は大声で怒鳴ることで。父は自分の内に引きこもって、非難がましい目を向けることで。

やがてある日、マティルダのおとなしい父は、エーファという優しい女性に出会い、数週間後には家族を捨てて出ていった。そんな父を、マティルダは悪く思うことさえできなかった。マティルダから見れば、母は人間のクズだったからだ。母のような人間どころか、母にわずかなりと似た人間にさえ、決してなりたくなかった。マティルダの目には、父が家族を捨てたことの責任は、母ひとりにあった。父が新たな幸せを見つけたことを喜びさえする一方、母の不幸に胸がすく思いだった。

半年後、マティルダは学校から帰宅する途中、街角に立つ父を見かけた。手には『ものみの塔』を持っていた。驚いたマティルダは、父に問いただした。父は気まずかったようだが、それでも率直に打ち明けてくれた――エーファはエホバの証人の信者で、自分もまた彼女のために入信したのだと。マティルダにはとても信じられなかった。気が弱く、人に迎合しやすい父は、愛する人のために己の信仰さえ取り替えてしまったのだ。マティルダは泣きながら家に帰った。

父はその後、エーファとともに北ドイツへ引っ越し、新しい人生を歩み始めた。父が『ものみの塔』を手に、今はどの町の通りに立っているのか、マティルダもシュテファンも知らなかった。クリスマスには毎年、カードが届いた。だがふたりとも、カードを書いたのはきっとエーファで、父はただ署名しただけだろうとわかっていた。

大学の卒業試験の準備で、マティルダはテオドール・シュトルムの人生と作品について多くの本を読んだ。シュトルムの『白馬の騎手』と『溺死』をこのうえなく愛していた。試験勉強をしながら、マティルダは、父はいまシュトルムの出生地である北ドイツのフーズムで、通りの角に立って世界の滅亡を説いているのではないかと想像した。それに一度、父が出てくる悪夢を見た。夢のなかで、父は堤防に立っていた。真っ暗な夜で、海は轟々《ごうごう》と荒れ狂っている。白馬の騎士が駆けてきて、通り過ぎざまに父にぶつかり、父はよろめいて、波の下に落ちていった。

クサヴァーがマティルダに語る物語

一九〇八年春、二十歳のリヒャルト・ザントは、同じ村出身の三人の若い男たちとともに、アメリカへ移住した。すでにそれ以前に移住して、アメリカ合衆国を一種の楽園のごとく描写する手紙を村に残った者たちに送ってきていた、多くの若者や家族に続いたのだ。村からの移住者のほとんどは、ウィスコンシン州のミルウォーキーに向かった。それは、移住先を故郷と気候が似ている土地に求めた最初の移住者が作った伝統で、その後はそれが一番楽だからという理由で引き継がれていた。ミルウォーキーにはすでにミュールフィアテル出身者が大勢暮らしていて、後から来る者の負担は、さまざまな面で軽くなったのだ。町とその周辺には、適正な賃金が支払われる仕事がいくらでもあったし、安く買うことのできる土地もじゅうぶんにあった。それに、自由な時間に楽しむ場所もあった――〈オークの葉《アイヒエンラウブ》〉クラブだ。

出発の少し前、リヒャルト・ザントは隣村の仕立屋に、大旅行に出るためのスーツを仕立ててもらった。仕立屋から家に帰る途中、森のはずれの小さな農場を通りかかると、苦し気な叫び声とうめき声が聞こえてきた。リヒャルトは真っ暗な家畜小屋へ入っていった。やがて暗闇に目が慣れると、ひとりの少女に覆いかぶさっている男が見えた。ズボンを膝までずり下ろしたその男を、リヒャルトは少女から引きはがすと、家畜小屋から連れ出し、殴りつけた。そして、さんざん脅しの言葉を投げつけて追い払った。少女はびりびりに破れたエプロンを身につけたまま、家畜小屋にしゃがみこんで、いつまでも体を震わせながら泣いていた。恐怖ですっかり取り乱していた。リヒャルトは少女を抱き上げ、家畜小屋から連れ出して、夕日で暖められた草の上に座らせると、自分の上着を肩にかけてやった。そして、穏やかな声で、飼い犬のゼンタのことを話して聞かせた。ゼンタは雌の牧羊犬で、一、二週間前に鶏小屋で出産した。だから、ゼンタが地面に横たわると、子犬とひよこがその腹に並んで眠る、という話だ。しばらくすると、少女は落ち着きを取り戻し、口ごもりながら小さな声で自分の名前を告げた。少女はアンナという名で、十四歳だった。家族のほかの皆が干し草づくりをするあいだ、家畜小屋で六頭の牛の乳しぼりを命じられた。牛に餌《えさ》をやっているときに突然現れた男は近所の農民で、結婚しているにもかかわらず、しばらく前からアンナのことをぎらぎらした目で追いかけていたという。リヒャルトはアンナと一緒に家畜小屋へ戻ると、餌やりと乳しぼりと掃除を手伝い、家へ戻るのが二時間近く遅くなった。二日後、リヒャルトは再びアンナを訪ねると、ゼンタが産んだ子犬の一匹をプレゼントした。「こいつが君を守ってくれるよ」と言って。アンナの両親に食事に誘われたリヒャルトは、一家の居間で、二週間後に三人の若者とともにハンブルクからニューヨーク行きの船に乗る予定であることを話した。アンナの両親からは、たくさんの質問をされた。なぜ移住することにしたのか、向こうでなにをするつもりなのか。アンナがした質問は、たったひとつだった――リヒャルトの名前は、アメリカではどう発音するのか。別れ際、リヒャルトはアンナに、子犬をなんと名付けるつもりかと尋ねた。するとアンナが「リッチー！」と答えたので、リヒャルトは思わず笑ってしまった。

出発の日、リヒャルトはちょうど二十歳になった。ほぼ村の全員に近い大勢の人が四人の若者を取り囲んで、別れを告げ、聖水で額に十字を描き、神の恩寵《おんちょう》を祈ってくれた。家族が泣きながら見送るなか、四人はパッサウを経てハンブルクへ向かう列車に乗るために、徒歩でヴェークシャイトへと出発した。小さなトランクを手に、マルクト広場を後にして、牧草地や畑を突っ切っていたとき、犬の吠える声が聞こえて、リヒャルトが振り向くと、裸足のアンナが、背の高い草のなかをこちらへと走ってくるのが見えた。その後ろから子犬がついてくる。真っ赤に上気した顔で、アンナはリヒャルトに追いつくと、小さな聖母マリアの絵を握らせて、こう言った。

「聖母様がお守りくださるから」。それ以上はなにも言わず、アンナはきびすを返し、背の高い草のなかを走り出した。背後に子犬を従えて。リヒャルトはその後ろ姿を見送った。その光景は、その後何週間も、リヒャルトの頭から離れることがなかった。

ミルウォーキーにたどり着いたリヒャルトは、すぐに孤児院の用務員の仕事を見つけた。住む場所も世話してもらえた。ミルウォーキーの町で、リヒャルトは最初から、故郷の町では感じたことのない軽やかな幸福感を覚えた。自由な時間には、ミユールフィアテルからのほかの移民たちと過ごした。ミシガン湖で泳ぐことを覚え、祝日と週末には思う存分遊んだ。

一年後、リヒャルトは大きな靴工房に仕事を見つけ、ようやく、この地に根を下ろすためにじゅうぶんな金を、身につけた技術で稼げるようになった。そこで、自分ひとりの新しいアパートに引っ越した。孤児院の尼僧や子供たちと別れるのは辛かった。皆のことが大好きになっており、それからも長いあいだ彼らを訪ねていった。

マティルダとクサヴァー

付き合い始めて最初の夏、クサヴァーはドイツの出版社で実習生として働き、マティルダはウィーンに残ってウェイトレスをした。マティルダにとってクサヴァーと離れているのは耐え難く、彼が恋しくて頭がどうにかなりそうだった。空いた時間は家のなかで鬱々と過ごし、泳ぎにも行かなければ、女友達と出かけることもなかった。常にクサヴァーのことばかりを考えていた。いまなにをしているのか、誰と会っているのか、誰に笑いかけているのか、自分がいなくて寂しいと思ってくれているか。同居人のカーリンは、そんなマティルダを、取り憑かれていると表現した。

結局マティルダは、雇い主に頼んで二日の連休を認めてもらい、列車に飛び乗った。驚かせたかったので、クサヴァーにはなにも知らせなかった。駅に着くと、まっすぐに出版社に向かい、入口のドアの前でクサヴァーを待った。会社から出てきてマティルダを見つけたとき、クサヴァーの顔には喜びがありありと表れた。急ぎ足でマティルダに近づいてきて、長いあいだきつく抱きしめてくれた。マティルダは感動のあまり涙を抑えることができず、その涙をクサヴァーが唇で拭《ぬぐ》ってくれた。ふたりきりでいるときにこれほど情熱的なクサヴァーは、見たことがなかった。

ともに過ごす二日間を、マティルダは目いっぱい楽しんだ。時間はあっという間に過ぎた。マティルダは、クサヴァーとふたりきりでいるのが好きだった。その場に友人や知人がいないと、クサヴァーはたいがいの場合、穏やかになった。気の利いた知識人を演じることもなかったし、マティルダに対してもより真摯《しんし》に向き合ってくれた。

翌年の春、付き合い始めて一年がたって、ふたりはようやく一緒にメランへと旅行をした。安いペンションに部屋を借りて、朝寝坊をし、たっぷりと朝食を取り、メランの町や郊外を散歩し、すでにウィーンよりもずっと強烈に感じられる春の太陽を浴びて、夜遅くにトラットリアでまたしてもたっぷりと食事をした。

最後の晩、ふたりは町をぶらぶらと歩き、保養所のホールへと流れこんでいく人の流れに加わった。看板があって、地元のオーケストラがヴィヴァルディやショスタコーヴィチなどの曲を演奏するという予告が書かれていた。ふたりはチケットを買って、後方の席についた。

圧倒的な音楽は、始まりからマティルダを感動させ、沸き立つような感情の渦に巻き込んだ。感傷に胸が膨れ上がった。空き時間には狭くてかび臭い住居でテレビの前に座り、食べ物を次から次へと口に押し込むだけの、人生に失望した母のことを思った。ただ自分の居場所が欲しいというだけの理由で、自分では読むことさえできない『ものみの塔』を手に、北ドイツの通りに立つ父のことを思った。生まれて初めて、マティルダは両親に深い同情を覚え、彼らと和解できるような気がした。ところがそのとき突然、誰からも愛情をもらえない内気な少女だった自分の姿が、稲妻のように脳裏に映し出された。すると、もはやとどめようもなく、子供時代のさまざまな光景が蘇《よみがえ》ってきた。またしてもおねしょをしたといって、絨毯《じゅうたん》叩きでマティルダを打った母。弟とともに、薄汚い中庭でだらだらと時間をつぶした長い日曜日。開いた窓からは、母が父にわめきちらす声が聞こえていた。ベッドに横たわり、低い天井を見つめながら、早く一日が終わってほしい、一日が終われば、それだけ大人になる日に近づくんだから、と、夜になって眠ることができるまでの時間を分単位で数えたつらい日々。

両親への同情は、自分への憐《あわれ》みに変わった――できることなら、あのときの小さな少女を腕に抱きしめ、慰めてやりたかった。あの少女は、いまだにマティルダのなかに生き続けていた。ところが、やがて音楽がマティルダの内面に別の作用を及ぼし始めた。音楽の力はあまりに強く、マティルダのなかに入り込み、マティルダの心を支配し、まるで麻薬のようにマティルダを陶酔させた。

力と生きる喜びという、かつて味わったことのない感情が、マティルダの全身を満たした。自分は若く、強く、したいことはなんでもできるのだと感じた。未来が輝いて見えた。クサヴァーとともに生きる、幸せで満たされた人生が。そう、ほかの誰でもなく、クサヴァーでなければならなかった。クサヴァーはマティルダが人生を懸けた恋の相手であり、彼を幸せにするためなら、どんなことでもするつもりだった。自分には二人分のエネルギーがある。マティルダはクサヴァーの手をぎゅっと握りしめた。全身が震えた。

どうか音楽が終わりませんようにと、マティルダは願った。それに、力強いこの感情が、決して逃げていきませんようにと。その後も長いあいだ、マティルダはこのときの感情を糧に生きた。

もちろん、歳月とともに、やがてそれも色あせていった。だが、このコンサートのことを思い出すたびに、マティルダの体には再び、あのときの思いが温かく流れ込むのだった。

マティルダがクサヴァーに語る物語

彼は芸術家だ。

主な活動は、絵を描くこと。たいていは水彩の抽象画。彼はぎらぎらした強い色を毛嫌いするからだ。集中して絵を描く日には、薬もあまり摂取しなくてすむ。絵を売るときには、私が手助けせねばならない。彼には無理なのだ。人と関わるのがうまくない。私は喜んで手を貸す。巨大なカンバスを、同僚や友人たちに安値で譲る。みんな、私の役に立てるのを喜んでくれる。彼はときには粘土をこねて人物像も創る。女の像か、体を絡ませたカップルの像だ。彼の住まいは、そんな官能的な像だらけだ。私の家にもいくつか置いてある。彼はカリグラフィーも好きだ。いまは、『ファウスト第一部』をアンシアル文字（紀元前三世紀ごろからギリシアで、紀元後三世紀ごろからローマで用いられた文字）で書写している。私はそのために、罫線《けいせん》入りの白紙を綴《と》じた本と、羽根ペンを用意した。彼は毎日午前中、欠かさず机に向かい、手本の助けを借りて、一単語ずつ書き写している。彼の書く文字は、規則的でとても美しい。この作品が完成した暁には、古物店で売ることになっている。

クサヴァー　語り手の愛人は、あらゆる方面に才能のある男みたいだな。ところで、歳はいくつくらい？

マティルダ　すごく若いの。

マティルダとクサヴァー

ミュンヘンの出版社での実習を終えたクサヴァーは、帰省して母に顔を見せておくべきだと考えた。ほぼ半年のあいだ、帰っていなかったからだ。だが、ひとりで行くのが嫌だったので、マティルダに一緒に来ないかと尋ねた。

帰省したのは、輝くように晴れ渡った九月のある日で、ふたりは上機嫌だった。列車に二時間半乗り、駅に着くと、隣人が迎えにきてくれていた。ふたりは隣人の運転する恐ろしく古いメルセデス・ベンツに三十分間がたがたと揺られ、クサヴァーの実家の前に到着した。ドライブのあいだ、マティルダは後部座席に座って、うっとりと夢想にふけっていた。年老いた隣人は、マティルダに対してはわざとらしいほど磊落《らいらく》に振る舞い、マティルダもそれを楽しんだ。クサヴァーが母親に自分の話をしてくれたこと、そのせいで母親が自分と会いたいと思ってくれたことに、マティルダは有頂天だった。それはマティルダにとって大きな意味のあることで、少しばかり緊張してもいた。

広大な古い家には〈シュ－ロート〉という名前がついていた。村はずれの丘の上にぽつんと佇む家で、周りには牧草地と森しかなかった。支配者の威厳をもって周囲の景色を眺め下ろすその家を、マティルダは一目見た瞬間から好きになった。だがその気持ちは胸のうちにしまっておいた。クサヴァーがこの家を嫌っていることを知っていたからだ。その理由を、マティルダはさっそくその夜のうちに知ることになる。クサヴァーが子供時代の話をマティルダにしてくれたのは、そのときが初めてだった。

隣人の車を降りると、クサヴァーの母のインゲが、すでにそこに立って待っていた。黒いスカートに白いブラウス姿で、腕組みをして。インゲはクサヴァーに駆け寄ると、抱きしめてキスをした。インゲがどれほどクサヴァーを愛しているかは、マティルダの目にも明らかだった。その瞬間、羨望と嫉妬の思いが胸に刺さった。母から愛されているクサヴァーのことが羨ましくて、どうにかなりそうだった。クサヴァーは、幼年時代と思春期を通してずっと、この愛情を浴びてきたのだ。突然、クサヴァーの自信の理由が、常に肩の力を抜いて生きていられる理由が理解できた。

マティルダは堅苦しく「カミンスキさん」と呼びかけられた。インゲは指先をぴんと伸ばしたままマティルダと短い握手を交わすと、頭のてっぺんからつま先までマティルダを検分し、履き古したサンダルに目を留めて、こう言った。「最近の女子学生って、そういうのを履くの？」インゲの威厳ある雰囲気にマティルダは委縮し、こう思った——この人は一人息子の恋人に、もっと上等な女性を望んでいたんだ。大学出の両親を持つ、裕福で社交的な家庭の娘を。マティルダが明らかにそんな娘ではないことを、インゲは見抜いたのだ。

三人は庭のテーブルを囲んで座った。テーブルは手間暇かけて美しくセットしてあった。コーヒーを飲み、手作りのプラムケーキを食べた。インゲは懸命に場を盛り上げようとして、わざとらしい快活さで、絶え間なくしゃべり続けた。まるで沈黙がなにか恐ろしいものでもあるかのように。そのときマティルダは、インゲが常に沈黙のなかで生きていることに気づいた。夫は何年も前に喘息で他界しており、インゲは広い家にたったひとりで暮らしているのだった。その場のクサヴァーは無口で、質問されれば短く答えるだけだった。マティルダのほうは、なにも訊かれなかった。その日はいつになく暖かく、インゲは、パラソルを広げたほうがいいかと尋ねた。そして、答えを待たずに広げた。マティルダは、木造の道具小屋の屋根に留まって誇り高くあたりを睥睨《へいげい》しているカラスを観察していた。

インゲは、マティルダの母マルタとは正反対の人間だった。洗練されていて、教養があり、勤勉で、なにより家族を大切にしていた。とはいえ、その家族もいまではクサヴァーとインゲのふたりきりだった。会ったばかりのこの日すでに、インゲはマティルダに、本当は大家族を持ちたかったこと、だが流産を経験した後、もう子供を授からなかったことを、詳しく語って聞かせた。あたかも、村のほとんどの女性が平均四人の子供を持っているなかで、自分が子供をひとりしか育てなかったことを、マティルダに怠惰だと思われるのではないかと、恐れているかのようだった。そして、インゲ自身がそのことに劣等感を持っているかに見えた。

クサヴァーが家の中を案内し、無数の部屋を見せてくれた。家は二階建てで、二階には寝室が五つと浴室がひとつ、一階には台所とふたつ目の浴室と居間のほかに、インゲの寝室があり、さらには、独立した玄関を持つ、現在は人が住んでいない部分もあった。かつての靴工房だ。

よくよく見れば、家がどれほど古く、改修を必要とする状態であるかは明らかだった。そして、そのための資金が不足しているであろうことも。ほとんどの部屋には、壊れた家具や、カビが生えた場所、はがれかけた壁紙があり、五〇年代の初頭に作られたふたつの浴室は、使い古されたという表現では足りないほど古びていた。マティルダは、これほど広い家を見たことがなかった。どの部屋も三十平方メートルほどあり、地下室も屋根裏も広大だった。この古い家が、マティルダには居心地がよかった。ここで育ったならどんなによかっただろうと思った。豊かな自然に囲まれ、住人どうしが四六時中顔を突き合わせずに暮らせる、いくつもの大きな部屋のあるこの家で。

夜中にクサヴァーがマティルダの部屋へ忍び込んできて――インゲはふたりに別々の部屋を与え、クサヴァーは呆《あき》れて天を仰いだのだった――、囁《ささや》き声で、なぜ彼にとって〈シューロート〉の居心地がよくないのかを語って聞かせてくれた。ここでは暮らせないし、暮らしたいとも思わない、とクサヴァーは言った。だが、母はまさにクサヴァーがここで暮らすことを望んでいる。それに死んだ祖先たちも皆そうなのだと。

クサヴァーがマティルダに語る物語

五年後の一九一四年、ヨーロッパで大きな戦争が猛威をふるいはじめ、アメリカ合衆国では、ハプスブルク帝国とドイツ帝国からの移民は、本当の意味で異邦人となった。リヒャルトを含め移民たち全員が、故郷の家族を案じて不安な日々を送った。だが一年後の一九一五年夏、リヒャルトは突然、天にも昇る心地を味わうことになった。素晴らしい女性と出会い、一瞬で恋に落ちたのだ。ドロシー・オフラハーティーという名のその女性は、ウィスコンシン・アヴェニューに新しく開店する予定の小さな靴店で、ショーウィンドーの飾りつけをしていた。そこにリヒャルトが通りかかり、ふたりの視線が合った。その晩にはもう、ふたりは食事に出かけ、その日からしょっちゅう会うようになった。ドロシーの父はアイルランド人で、移民の息子だった。ドロシーの母は最近亡くなったばかりだったが、先住民とポーランド人の混血だった。ドロシーはそれまで、家族とともにシカゴに暮らしていた。だが、母が長年の闘病の末に亡くなった後、腕のいい靴職人である父が新しい人生を始めたいと思い、シカゴでのすべてを処分して、四人の娘たちとともにミルウォーキーへと移り住み、そこで独立して、それまでは勇気がなくてためらっていた靴店の開店へと踏み切ったのだった。

靴店は開店当初から順調だった。リヒャルトとドロシーの関係も同様だ。リヒャルトはドロシーへの心からの愛情を感じ、ドロシーとともにならば幸せになれるだろうと予感した。だがふたりの関係は、リヒャルトの友人たちには理解してもらえなかった。移民は故郷から妻（または夫）を連れてくるか、または（同じ地域からの）移民を妻（または夫）にすべきだという暗黙の規則に、背くことになるからだ。だがリヒャルトにはそんなことはどうでもよかった。ドロシーの陽気でおしゃべりな妹たちと、思慮深く朗らかな父とともに過ごす時間を愛し、愛情深く、親切で、信頼に満ちた彼らの家庭を愛した。そしてなにより、その家族の長女ドロシーを。ただひとつの難点は、ドロシーとは母国語で会話ができないことだった。そのせいで、どうしても思うようには表現できないこと、伝えられないことがあると感じた。逆に清々《すがすが》しく感じたのは、ドロシーがリベラルな考え方の持ち主で、リヒャルトの故郷の村の若い女性たちのように厳格なカトリックではなく、ある種の規範や強制にやみくもに従ったりはしないことだった。そういうわけで、ドロシーは一九一七年の夏、ピクニックに出かけた後で、初めてリヒャルトに身を任せてくれた。

ふたりは一緒にさまざまなことをした。一九一八年の春には、ためらいがちながら、徐々に将来の話を始めた。だがそれも、一九一八年の十一月に、リヒャルトの姉から絶望の手紙が届くまでのことだった。その手紙はすべてを一変させた。頭のなかでは、リヒャルトはよく、家族との再会を思い描いていた。だがそれは、現実にこれから直面する再会とはまったく違うものだった。リヒャルトはドロシーと婚約しようとしていた。ドロシーと結婚して、新婚旅行でヨーロッパへ行きたかった。自分が育った場所を、ドロシーにぜひ見てもらいたかった。

姉が送ってきた手紙には、悲惨な出来事が綴られていた。五人のロシア兵が、酔っぱらって大声でがなりたてながら、一家の古い家に押し入り、寝たきりの母と長男のヨーゼフとを気絶するまで殴り、窓やドアを塞いだうえで、家を焼き払ったというのだ。父はそのとき、ほかの子供たちと森に薪用の木を伐《き》りに行っていて、無事だった。石造りの家は全焼し、死体は黒焦げで、残された家族は納屋に寝泊まりし、ろくな食べ物もないという。リヒャルトはドロシーとその家族に別れを告げ、必ず戻ってくると約束したうえで、帰郷の途についた。そして、十二月二十四日、十年以上戻っていなかった村にたどり着いた。実家に戻ったリヒャルトは、自分の目がとても信じられなかった。

すぐにアメリカに戻るわけにはいかないこと、これまでに貯《た》めたアメリカドルで家族を助け、家と靴工房を再建せねばならないことは、明らかだった。少なくとも一年はこちらに残る――リヒャルトはドロシーにそう書き送った。だが一年は二年に、そして残りの一生になった。

クサヴァー

クサヴァーの母インゲの兄弟たちは全員、第二次世界大戦で戦死したため、インゲが家を継ぎ、子孫に引き継がねばならないのは自明だった。苗字を変えずに済むように、インゲは結婚せず、それゆえクサヴァーは母の姓を受け継いだ。父と母は最後まで結婚しなかった。まずこの事実からして、クサヴァーには理解不能だった。父は非常に信仰の厚い家庭の出身だったため、結婚することを望んでいたし、子供が非嫡出子であることに苦しんだ。だが、母インゲにとっては、自分の姓を残すことのほうが重要だった。

「いつも、家と名前のほうが、その家に住んでる人間、名前を名乗る人間よりも大切だったんだ」クサヴァーは口を苦々しく歪めてそう言った。

家と土地とは、母にとって人生の意味そのものだった。家の崩壊を食い止めるために、一日中働いた。上から下まで磨きに磨き上げ、壊れた箇所や古い箇所を、レースの布や、手編みのカバーや、刺繍《ししゅう》入りのクッションなどで覆った。母は家を、一人息子であり、かつては子だくさんで多くの分家があったザント一族の最後のひとりであるクサヴァーがきちんと暮らしていけるように、維持したかったのだ。母にとっては、クサヴァーが大学を卒業したら故郷に戻り、〈シューロート〉で暮らすことは、疑う余地のない事実だった。クサヴァーはここで、妻と大勢の子供たちに囲まれて暮らし、書斎で小説を書いて、世界的な名声と富とを得ることになる――母はそう考えていた。家を売ることなど、母にはとうてい考えられなかった。何百年間も、由緒正しき一家が暮らし、生活の糧を得てきた家を――かつて一家は、靴工房と小さな農場を経営して暮らしていた――売ることなどできない。それが母の口癖だった。「由緒正しき」という言葉が、クサヴァーはなによりも嫌いだった。家と土地はどんなことをしても維持していかねばならない、そしてクサヴァーの息子と娘へ、さらにその子孫たちへ、連綿と受け継がれていかねばならない――母はそう考えていた。

思春期に一度だけ、クサヴァーは母から平手打ちを食らったことがある。それは、もし誰かに無理強いされて、ここで人生を送らざるを得なくなったとしたら、こんな古い石の箱など壊して、現代的なバンガローを建てる、と宣言したときだった。クサヴァーは子供時代を通して、いつの日かこの家を受け継ぎ、維持していく義務があるという自覚とともに育った。いや、それは義務よりもさらに重いものだった。クサヴァーが背負わされたのは、道徳的な使命だった。クサヴァーは、生命力と労働力のすべてをこの故郷の家に注ぎ込んだ祖先たちに対する責任を負っていた。

ザント家はヘクナースドルフの由緒ある一族であり、二百年前から靴工房と靴店を営んできた。だが工房も店も、インゲが一九七〇年代に断腸の思いで閉鎖した。誰もがもはや村の靴工房ではなく、町の大きな靴店で靴を買うようになっており、壊れた靴ももう直したりはせず、捨ててしまう時代になっていた。インゲは生まれてからずっと靴職人の娘であり、それから長いあいだ、主人として家業を率いてきた。ところが突然、失業保険をもらう身になり、近所では破産したのではないかと囁かれるようになった。母が本当に破産したのかどうかは、クサヴァーでさえ知らなかった。というのも、母は決してその話はしなかったのだ。だがクサヴァーは、銀行に借金があるに違いないと推測していた。突然のように節約生活が始まったからだ。母はもともと経営には向かない人間だった。常にあらゆる卸売業者から、客の需要など無視して、エレガントな婦人靴を山のように買っていた。靴工房を閉鎖した後、母はパートで倉庫会社の事務の仕事を見つけた。そこは自転車で通うことのできる職場だった。母は運転免許を持っていなかったのだ。

かつてザント家が暮らしていた家は、いまの家よりもずっと小さく簡素だった。その家がロシア兵に焼き払われたため、インゲの父リヒャルトが、同じ場所により大きな家を建てたのだった。火事でリヒャルトの母と長兄が死んだ。リヒャルトの一番上の姉がミュールフィアテルから、凄《せい》惨《さん》な出来事を詳しく書き綴った手紙を送った。そして三か月後、リヒャルトは母と長兄の墓の前に立ち、その後、家族がなんとか雨風をしのいでいる納屋を見たのだった。四年におよぶ戦争が故郷と家族にもたらしたあまりの惨状に、リヒャルトは言葉を失った。ザント家はこれまでずっと、近隣でもかなり裕福な家庭だったというのに。リヒャルトはいまや一家の長男であり、年老いた父ときょうだいたちに対する責任を感じた。ミルウォーキーへ戻るのは一日延ばしになった。家族を見捨てていくことができなかったからだ。それに、隣村の農場の娘アンナに好意を抱いたからでもあった。

結局リヒャルトは、アメリカで貯めたドルを使って、家を再建した。リヒャルト自身の設計に従って、かつてよりも美しく大きな家を。年に何度も、リヒャルトは列車で町へ出て、銀行でドルを両替した。家を設計し、建設すること、後には家を維持していくことが、リヒャルトの生涯の目的となった。家族全員が協力し、一年後の一九二〇年にはもう、新たな家が建った。サウス・カロライナの大農園主の屋敷にも似た、広大な邸宅だった。貧しさにあえぐ地域の人々は、その壮大な屋敷に驚嘆し、一目見ようと建築現場へ詰めかけた。家が完成すると、リヒャルトは靴工房を再開し、アンナと結婚した。当初の計画どおりミルウォーキーへ戻ることは、二度となかった。子宝に恵まれ、夫婦は二人の息子と三人の娘を授かった。そして一九三五年になって最後に生まれたのが、クサヴァーの母インゲボルクだった。リヒャルトはインゲを——そして家を——なによりも愛した。だが普段は口数の少ない、打ち解けない男だった。

マティルダがクサヴァーに語る物語

十四年ほど前のこと、私は五時間も車を運転して、彼を迎えにいった。自分の車を持っていなかったので、友人シルヴィアのヴォルヴォを借りた。場所はすぐにわかったし、初対面もなんの問題もなく済んだ。本当はもっとずっと困難なのではないかと予測していて、どんな問題が起きても対応できるよう、準備を整えていた。けれど、計画変更を迫られた場合にと練っておいたプランBは、どの段階でも使わずに済んだ。私は垣根を乗り越えて、彼がぐっすり眠っている木の下へと忍び足で近づいた。近くには誰もいないし、誰の姿も見えない。なんて不用心！　その果樹園のすべてが、平和に静まり返っていた。暑い日で、鳥のさえずり声のほかにはなにも聞こえなかった。私は彼を抱き上げて、車へと運んだ。あまりに簡単で、少しがっかりしたほどだった。

家に戻る途中、突然土砂降りの雨になった。あまりに激しい雨で、私は高速道路を時速七十キロでのろのろと進むしかなかった。日が暮れて暗くなったので、対向車のヘッドライトがまぶしく、しばらくすると目が痛み始めた。車を運転するのは楽ではなかった。運転に慣れておらず、うんと集中しなければならなかったのだ。おまけに、彼がぐずり、シートのなかで暴れ始めたので、私はますますぴりぴりした。けれど、やがて彼は眠りこんでくれて、私はほっと息をついた。

家に着いたときには夜が更けていた。私は彼を、彼の新しい住まいへと運んだ。死ぬほど疲れていたけれど、天にも昇る幸せな気持ちで、私は彼の隣に横たわると、すぐに眠りに落ちた。ついに彼が私のものになった。ついに私はもうひとりではなくなった。私は彼をユリウスと名付けた。

クサヴァー　なんとも薄気味悪い話だな。
マティルダ　そう？
クサヴァー　だいたい、これ、どういう話？
マティルダ　わからない？
クサヴァー　うん。

もちろん、一番大変だったのは、彼との最初の日々だ。彼はよく泣いて、私はなかなかなだめることができなかった。おまけに彼は病気になった。重い病気だった。何日も四十一度近い高熱に苦しんだので、私は薬を買わなければならなかった。有難いことに、やがて熱は引き、その後の回復は早かった。もしも熱が下がらなかったら、どうなっていたことか。彼を連れて病院に行くわけにはいかないのだから。病気が治ると、彼は穏やかになり、前ほど泣かなくなった。
私は最初から、一日の時間割をきちんと決めて実行することにこだわった。一日のすべての時間をきちんと計画し、生活面のあらゆる活動をしっかりと準備、実行した。ちょうど夏休みの最中だったのが幸いして、彼とたくさんの時間を一緒に過ごすことができた。私たちは体操をして、絵本を見て、遊んで、工作をして、絵を描いて、しょっちゅう抱き合った。彼が退屈するようなことがあってはならなかった。彼はすべてを喜んで受け取った。

私にとって難しかったのは、彼と話をしないことだった。ときどき、ぽろりと単語や文章が口から漏れてしまう。そんなとき、彼は興味深そうに、問いかけるような目で私を見つめた。言葉の禁止を忘れないように、私は最初の数週間、彼のところへ行くときには、口にテープを貼った。彼もそれを真似して、無数のテープを口に、鼻に、目にと貼り付けた。小さなテレビも、つけても音が出ないようにしてあった。

クサヴァー　どうして語り手はその子供と話さないの？

マティルダ　それはね、その子供には、言葉なしで育ってほしいからよ。

マティルダとクサヴァー

クサヴァーの母を最初に訪ねたときには、ふたりは二泊して、三日目にウィーンへ戻った。帰りの列車のなかで、ふたりは喧嘩をした。マティルダがクサヴァーに対して、母親にもっと歩み寄るべきだ、あんな素敵な家で暮らす人生の長所を見るべきだと諭したからだ。だがクサヴァーは、頑なに考えを変えようとはしなかった。その後の実家訪問も、やはりほんの数日間だった。クサヴァーがそれ以上留まることを嫌がったからだ。クサヴァーは実家に耐えられず、そわそわと落ち着きをなくした。別れ際、インゲは毎回、背筋をぴんと伸ばし、頭をまっすぐに上げて、大きな家の前でふたりに手を振った。その姿を見ると、マティルダは悲しくなった。その後の列車のなかで、ふたりはよく喧嘩になった。または、ふたりとも押し黙ったまま、窓から外を眺め続けることも多かった。

イースター休暇に訪ねたとき、マティルダはインゲの側につくことにしてみた。大学を卒業したら、この家でクサヴァーと暮らしたかった。クサヴァーと結婚して、クサヴァーの子供を産みたかった。由緒正しき家族の名前と財産を守り、子孫に引き継ぐという役目を、マティルダは喜んで果たすつもりだった。すでに頭のなかでは、どんなふうにこの家を再び居心地よく設《しつら》えるかを想像し、子供たちが庭を転げまわって遊ぶようすを思い描いていた。そこでマティルダは、インゲの料理を手伝っているとき、慎重にこう切り出してみた。「この家に暮らして、ここで子供が育っていくのを見られたら、素敵でしょうね」

するとインゲは、マティルダにちらりと一瞥《いちべつ》をくれて、こう言った。「あなたがこの家に合うとは思えないけど」。それだけだった。それ以上のことを言われたわけではない。だが、この言葉が、マティルダはクサヴァーに似合わないという意味をも暗に含んでいることは明らかだった。なにしろインゲにとっては、クサヴァーと家とは分かちがたく結びついていたのだから。

きっとインゲがクサヴァーにこの話をしたのだろう。帰りの列車で、クサヴァーはマティルダに怒りを爆発させ、最後には別の車両に移ってしまった。マティルダは奈落に突き落とされ、震え、取り乱して、その場にへたりこんでいた。たったいまクサヴァーが口にした、別れたいという言葉は、取り返しのつかない決定的なものに違いないと思ったのだ。ふたりは駅で別れ、それぞれの家へと戻った。二日後、クサヴァーはマティルダを訪ねてきて、謝ったうえで、もう二度と母の側につかないでほしいと頼んだ。それがふたりが関係を続けていくうえでの条件だ、と。それからクサヴァーは、マティルダの家で一緒に夕食を取った。僕は都会の人間だ、絶対にあんな家に引っ越したりしない、と言いながら。

マティルダはその後、インゲの望みが自分の望みにもぴったりかなっていることを、二度とほのめかしさえしなかった。クサヴァーがインゲを訪ねるときには、もうほとんど同行しなかった。一緒に行っても、どうせ帰りの列車のなかで喧嘩になるだけだからだ。そしてクサヴァーは怒り狂い、マティルダは落ち込むことになる。ただ、年に一度だけは顔を見せるのが礼儀だと思って、クサヴァーに同行した。たいていは夏だった。

それから何年もたち、クサヴァーもマティルダも三十歳を超えたころ、インゲはマティルダに歩み寄りを見せた。インゲは十年のあいだに大きく変わり、生気がなく、気弱になっていた。息子のクサヴァーはまだ大学を卒業しておらず、作家として成功もしていなければ、故郷の家へ戻るそぶりも、子供を作るようすもなかった。インゲはおずおずとマティルダに、どうしていい加減に結婚して、ここへ移ってこないのか、と尋ねた。近くの小さな町にはマティルダが働けるギムナジウムもある、マティルダからクサヴァーを説得してくれないか、と。マティルダは、ただ肩をすくめることしかできなかった。クサヴァーがどんなことがあっても承知しないであろうことは、わかりきっていたからだ。

クサヴァーがマティルダに語る物語

一九一八年十二月二十四日、母と兄の墓の前に立ったリヒャルトは、背後で犬の吠え声を聞いた。振り返ると、年老いた牧羊犬が目の前にいた。そしてその隣には、大きな青い目とそばかすの散った顔の、すらりとした亜麻色の髪の女性が。女性は小さな声で言った。「リッチーはちゃんと私のこと守ってくれた」その言葉で、リヒャルトはたちどころに、あの光景を思い出した。アメリカへの船旅とエリス島での滞在のあいだじゅう、ずっと頭から離れなかったのに、その後の新しい生活ですっかり忘れていた光景——十四歳のアンナが、背後に子犬を従えて、裸足で背の高い草のなかを駆けてくる姿。

それからアンナは、週に何度もリヒャルトを訪ねてきて、新しい家の建設を、最初から全力で手伝ってくれた。リヒャルトの家族や建設労働者のための食事作り、洗濯、病の父の介護と、アンナは控えめながら、必要な仕事があれば常にそこにいた。リヒャルトはアンナの勤勉さに驚嘆し、彼女に恋をした。アンナのほうは、リヒャルトに恋をしていることを隠そうともしなかった。リヒャルトが戻ってくるのを待っていたこと、いや、それどころか、予感さえしていたことを、早い段階で打ち明けた。だがアンナは、リヒャルトに体を与えることは拒んだ。それは結婚式が済んだあとでなければだめだと告げて。それもまた、リヒャルトに感銘を与えた。

こうしてリヒャルトは、一九一九年の十月、まもなく家――彼の家だろうか？――の一部になる予定の石壁の前に立ち、決断を下そうと苦しむことになる。どちらの人生を選ぶべきか。どちらの女性とともに歳を重ねていくべきか。リヒャルトはまだ決められず、自分に時間を与える。時間が決めてくれるだろうと考える。時間がたてば、おのずからわかるだろうと。だが、時間はアンナの味方だ。なぜなら、アンナはいまここにいるが、ドロシーのほうは遠く離れているからだ。もしもドロシーからたくさんの嘆きの手紙が来たら、毎週のようにリヒャルトへの思いを書き綴った手紙が来たら、彼女のところへ戻ろう、と思う。とはいえ、自分はドロシーになにか約束を残してきただろうか？　やがて、一年もたたないうちに、ドロシーからの手紙は来なくなる。リヒャルトは失望し、傷つく。こんなにあっさり忘れられるなんて！　こうして一九二〇年の春、リヒャルトはアンナに結婚を申し込む。だが、祭壇の前に立ってもなお、これが正しい決断だったのだろうかという疑いを、リヒャルトは捨てきれない。とはいえ結婚式の後は、そんな疑いは消えていく。たくさんの仕事と責任と義務に紛れていく。自分が幸せなのかどうか、リヒャルトにはわからないし、誰もリヒャルトにそんなことを尋ねたりはしない。

次々に子供が生まれる。毎年のようにひとり生まれ、ついには五人になる。リヒャルトはそんなにたくさんの子供は欲しくなかったが、アンナは厳格なカトリック教徒で、避妊を拒む。アンナの年老いた両親は、ふたりきりでは暮らしていけなくなり、リヒャルト一家のもとへ引っ越してきて、介護を受けることになる。両親とともに、弟もやってくる。リヒャルトの弟カールは、自分の相続分の財産を渡せと要求して、もめごとを起こす。姉と妹たちがようやく結婚する。遅くにもうひとり子供——インゲボルク——ができる。二度目の世界大戦が勃発して、一度目の大戦の後に再建したものがすべて崩壊する。息子がふたりとも戦死する。

アンナは働いては祈り、祈っては働く。ただ、リヒャルトと語り合うことはないし、リヒャルトとともに踊ることも、笑うことも、泳ぐこともない。リヒャルトと散歩をすることもなく、リヒャルトと一緒に新聞を読むこともなく、世界の出来事についてリヒャルトと議論することもない。他人がいる前でリヒャルトの唇にキスをすることもないし、リヒャルトが元気かどうかと尋ねることもない。アンナは痩せ細り、やつれていく。アンナにとっては、すべては神の意思であり、人はただ神を敬って生きればよく、そうしていればすべてがうまく行くのだ。こうして月日は流れる。

屋根裏を改築して部屋を作ることになったとき、埃《ほこり》の積もった箱が片隅に見つかる。なかには古い写真や手紙が入っている。箱のなかを覗いたリヒャルトは、ドロシーとその家族の写真を数枚見つける。リヒャルトとドロシーのふたりを写したものもある。それに、ドロシーが最初のころに書き送ってきた手紙も。リヒャルトはそれを、驚きの念とともに読み返してみる。ミルウォーキー時代は、永遠にも思われるほど昔のことだ。すべてが遠く、ぼんやりとにじんでいるかのようだ。アメリカにいたのは、本当に自分なのだろうか？　さまざまなことが蘇ってくる。正しい決断を下そうともがいた何週間もの日々も。三十年前のことだ。いまリヒャルトは六十歳で、自分が幸せにはならなかったこと、当時の自分が誤った決断を下したことを、認めないわけにはいかない。アメリカから故郷へと戻るきっかけとなった手紙を送ってきたリヒャルトの姉が、古い手紙を読むリヒャルトを見つけて、実は当時、何年にもわたって届き続けたドロシーからの手紙を、自分が受け取って燃やしていたのだと打ち明ける。リヒャルトが再び家族のもとを去っていくのを、どんなことをしてでも止めたかったのだという。長兄ヨーゼフの死後、リヒャルトは一家の長男になったうえ、ザント家の財産を相続するのにふさわしい人間だ、弟のカールはふさわしくない、と姉は考えたのだった。それに、家族と家業とが適切な人の手に委ねられ、連綿と続いていくのは重要なことではないか。リヒャルトがあまりに驚き、取り乱すのを見て、姉は、一族の繁栄のほうが個人の幸せよりも重要だ、それに、そもそもリヒャルトは立派にやり遂げたではないか、いまでは大きな店と工房を構え、素晴らしい家族がいるではないか、と言う。幸せなはずではないか、と。

二年後、アンナが脳卒中で他界する。半年後、リヒャルトは合衆国へ行くことを決断する。ドロシーがどうしているかを知るために。年老いたリヒャルトは、飛行機に乗ると、眠り込み、夢を見る。若い男に戻った自分が、ニューヨークの港に到着する夢だ。ドロシーが駆け寄ってきて、嵐のような抱擁をしてくれる。

マティルダ　それで？　リヒャルトはドロシーに再会するの？　ドロシーはどうなったの？

クサヴァー　それは読者の想像に委ねられてるんだ。

マティルダ　ひどい！

マティルダとクサヴァー

クサヴァーは九歳のとき、州が主催して各学校に参加者を募った作文コンクールに応募して、最優秀賞を取った。コンクールのテーマは「ぼくの／わたしの夢」だった。応募した子供たちのほぼ全員が女子で、すでに四年生だったが、当時のクサヴァーはまだ三年生だった。ほとんどの子が、飢えや貧困のない平和な世界を思い描いたり、世界旅行の夢を語ったりするなかで、クサヴァーはただひとり、ファンタジーを書いた。それは『裸の天使の国で』というタイトルで、山岳地帯にある巨大な地下帝国の話だった。人間の——裸の——守護天使たちが住むその国に、突然幼い少年が迷い込んでしまう。少年は天使たちの仕事を目の当たりにし、最後には、天使たちを——そして人類全体を——悪魔から救うことになる。

マティルダが最初にクサヴァーの実家〈シューロート〉を訪れたとき、母のインゲはこの作文を出してきて、読ませてくれた。インゲの許しをもらって、マティルダはそれをウィーンに持ち帰り、コピーを取って、次に実家を訪ねたときに原本をインゲに返した。それから何年も後、マティルダが教えるクラスで、ひとりの男子生徒が作文の宿題に、天使の国についての素晴らしいファンタジーを書いた。マティルダはクサヴァーの作文を思い出して、かつて取ったコピーを取り出してみた。

ふたつの物語のあまりの相似に、マティルダは戸惑った。クサヴァーの作文のほうが子供っぽいのは確かだったが、それは、もう一方の作文を書いたマティルダのお気に入りの生徒フィリップ・クンピッチュよりも、当時のクサヴァーのほうが四歳も年下だったせいだ。ふたつの作文の相似は、運命を信じないマティルダにとってさえ、運命の目くばせだとしか思えなかった。そこでマティルダは、ふたつの作文を頭のなかで展開させ始めた。そして、地下にある天使の国に少年が偶然迷い込み、ありとあらゆる冒険を経て、その国と人類全体を悪魔から救うという物語を、細部にいたるまでじっくりと練った。だが、クサヴァーにその話をして、天使の国の物語を書いたらどうかと提案すると、クサヴァーは最初、鼻で笑い、自分は児童文学作家じゃない、大人が読むちゃんとした文学を書くんだと言って拒絶した。だがついにはクサヴァーも、マティルダの情熱に感化された。それからの一年半、ふたりは一緒に、三つの青少年向け小説を書いた。『天使の翼』『天使の子』『天使の血』だ。執筆中、ふたりの仲は、もう長いあいだなかったほど睦《むつ》まじかった。ふたりの関係にあったあらゆる問題が、背景へと押しやられてしまったかのようだった。ふたりは、もう何年も感じていなかった親密さを取り戻した。

あの作文を一九六七年に書いた自分は幸運だったのだと、クサヴァーは語った。十年早ければ、裸の天使について書いたことで、おそらく罰を受けていただろう、と。当時、優秀賞に輝いた三十篇の作文が印刷され、『子供たちの夢』というタイトルで一冊の本になり、式典で、公共の場に――すなわち、誇りで胸がいっぱいの親や教師たちに――お披露目《ひろめ》された。役職付きの人間たちの延々と続く演説の後、最優秀賞を取った三人の生徒が、自分の作文を皆の前で読み上げた。クサヴァーは、ふたりの女子の後、最後に登壇して、巨大なマイクの前に立ち、自分の書いた物語を朗読した。少しばかりきつい茶色のコーデュロイパンツと、緑とオレンジのチェックのシャツ、斜めにカットされた前髪という姿で、クサヴァーは朗読した。大きな声で、ややゆっくりと、誇らしさではちきれそうになりながら。そんな息子の姿を、インゲは微に入り細を穿《うが》ってマティルダに説明した。それを聞くマティルダの胸も、愛情で締め付けられた。幼いクサヴァーの姿が、ありありと目に浮かんだ。

そのとき以来、クサヴァーは作家になりたいと思い続けた。両親も積極的に励ました。というのも、クサヴァーの父のトーマスは、中学校の教師だったが、自分は本来芸術家だと考えていたからだ。トーマスは詩や、短編から長編にいたるまでさまざまな小説を書いていたが、ほとんどが机の引き出しのなかで日の目を見ることなく終わった。四十五歳になって、ようやく運をつかみ、小さな出版社から薄い詩集を出版した。だがその本はまったく売れなかった。親戚や友人知人が、二百部弱を買ってくれたのみだった。そして、さらなる作品を活字にしてくれる出版社は、もう見つからなかった。トーマスは、息子が自分よりも大きな成功をつかむことを望んだ。だがその数年後に、喘息で他界した。

マティルダとクサヴァーの十六年ぶりの再会

クサヴァー　雪がきれいだな。しんしんと降り積もって、柔らかくて。
マティルダ　『天使の翼』の第三章で降る雪、まさにこんなふうに想像してた。
クサヴァー　僕もだ。
マティルダ　「けれどエレーナは、エリアスを雪の下から見つけ出すときには、どうしてもその場にいたいと思っていた。そのとき突然、顔にくすぐったさを感じた。見上げると、雪がしんしんと柔らかく降ってきて、エレーナの顔に落ちてきては、まるではじめから存在しなかったかのように、またすばやく溶けていくのだった」
クサヴァー　三巻全部、丸暗記してるとか？
マティルダ　第一巻の、特別好きな箇所だけ。
クサヴァー　特別好きな箇所ってどこ？
マティルダ　第三章の、エレーナが雪崩事故のあとで、エリアスの死体を雪の下に捜すけど見つからないところ。第四章の、エリアスが夜中に突然エレーナのベッドに座ってるところ。第七章の、ふたりが一緒に天使の国から家へ帰って、お母さんの前に姿を見せると、お母さんが気絶しそうになるところ。
クサヴァー　僕が一番好きなのは、三巻それぞれの第十三章だな。
マティルダ　（笑って）まあね、あなたはショーダウンを書くのが一番好きだったものね。それに、一番速かった。そういえば、フィリップ・クンピッチュだけど、あれから数年たった後に、事故で亡くなったのよ。
クサヴァー　フィリップ・クンピッチュって？
マティルダ　あの生徒よ。
クサヴァー　どの生徒？
マティルダ　あの子の「天使の国で」っていう作文、憶えてない？　私たち、あれをきっかけに天使三部作を書いたんじゃない。
クサヴァー　その子、どうして亡くなったの？
マティルダ　ラックスでスノーボードをしてて。
クサヴァー　まさか。
マティルダ　でも、雪崩に遭ったわけじゃなくて、若いスキーヤーにぶつかられて、木に激突したの。ヘルメットをかぶってなかったから、病院へ向かう途中で亡くなった。
クサヴァー　なんてこった。
マティルダ　ねえ、フィリップの最後の言葉、なんだったと思う？　救急医に向かって、こう言ったらしいの。「これから天使の国に行く」って。

クサヴァー　半端なく怖い話だな。鳥肌が立つよ。

マティルダとクサヴァー

マティルダは、作家と付き合っていることが嬉しくてしかたがなかった。特に、付き合い始めたばかりのころは。大学の友人たちは皆、マティルダを羨んだ。芸術家というのは、どこか特別な存在だった。クサヴァーの職業を聞いて大声で笑ったのは、マティルダの母ただひとりだった。

ふたりが最も互いを理解し合えるのは、本の話をするときか、クサヴァーの執筆中の作品の話をするときだった。そういった話題でなら、何時間でも情熱的に議論ができた。クサヴァーは、長編小説を執筆中には、常にマティルダの意見を訊いた。書き上がった原稿を最初に読ませてもらうのも、必ずマティルダだった。マティルダは、クサヴァーの小説がなにを表現しているのか、いつも即座に理解した。

物語はクサヴァーのなかからあふれ出てきて、書くのが追い付かないほどだった。物語に襲われると言ってもいい。クサヴァーにとっては、物語を考え出すことのほうが、それを紙に書きつけるという苦しく細かい仕事よりも、ずっと簡単だった。クサヴァーは、物語を頭のなかでじっくりと熟成させ、構成や登場人物がしっくりと収まるべきところに収まるまで、練り上げるのが好きだった。ところが、それを書く段になると、すぐに根気を失った。

「話を頭の中で育てていくのはわくわくするし、楽しいんだよ。でもそれを書くっていうのは、どこまでもマゾ的な作業だ」。クサヴァーはよくそう言った。執筆中、マティルダは常に、クサヴァーが途中で投げ出さないよう励まし続け、懸命にやる気を出させてやらねばならなかった。というのも、クサヴァーは執筆中の作品をほんの一、二か月で投げ出して、次の小説にとりかかろうとすることが珍しくなかったからだ。マティルダは持てる説得力の限りを尽くして、何週間もこんこんとクサヴァーに説教し、ときには彼が投げだすのを止めるために、怒鳴りつけることさえあった。

マティルダとともに、一九九四年から一九九五年にかけて、青少年小説三部作『天使の翼』『天使の子』『天使の血』を書く以前に、クサヴァーは全部で五本の長編小説を発表した。だがどれも作家としての突破口にはならなかった。どの作品も批評家には褒められたが、多くの読者は得られず、二作目の小説を除いては、どれも重版にはならなかった。クサヴァーの二作目の小説である『五人の女、五人の男』が、マティルダは一番好きだった。小説は十篇の長い会話場面から成り立っている。そしてマティルダの意見では、会話を書くのはクサヴァーの突出した強みだった。クサヴァーとマティルダは、この小説の全場面を実際に演じてみるという遊びを考え出し、マティルダはそのために赤いハイヒールを買い、ロシア料理のボルシチの作り方まで覚えた。

第一章では、ロシア人の売春婦リュドミラが、オーストリア軍で兵役を務める十九歳の酔っぱらいアンディに出会い、声をかける。アンディは週末休暇をもらって、ちょうどその晩を友人たちとバーで過ごしたところで、いまはもう眠りたいばかりだ。リュドミラのほうは、その晩、あとひとりだけ客を必要としている。でないと、元締めともめるからだ。リュドミラはアンディを、自分の住むみすぼらしい小さな部屋へと引っ張っていく。部屋へ着いても、アンディはセックスができる気分ではなく、しかたがないのでしゃべり始める。田舎にある小さな農場で過ごした無邪気な子供時代の思い出話。リュドミラという名前だった近所の農家の牛のこと。母が父を捨て、息子の自分を連れて都会へ引っ越したこと。十一歳の少年だった自分は、長いあいだ都会になじめなかったこと。リュドミラのほうも、語り始める。七年前にモスクワの街角で、ふたりの男に話しかけられ、モデルとして西欧での輝かしい未来を約束されたこと。ところがウィーンに着くやいなや、監禁され、パスポートを取り上げられたこと。そしてそれ以来、売春婦として働き、自分を殴る元締めから逃げられずにいること。リュドミラはアンディに、自分がどれほどうまくキャットウォークを歩けるかを実演して見せる。赤いハイヒールを履いて、裸でアンディの前をぎこちなくよろよろと歩く。やがてアンディは酔いから醒《さ》めて、勃起《ぼっき》する。ふたりは交わるが、アンディはあまりにあっけなく絶頂を迎えてしまう。アンディが帰ろうとすると、リュドミラは料金を請求する。ところが、アンディのポケットには五十シリングしか入っていないことがわかる。残りの金は全部、バーで酒に使ってしまったのだ。アンディは胸を張って部屋を出て行く。初めて女と寝たからだ。そしてリュドミラのほうは、不満を抱えたまま取り残される。

　そこから先の各章では、まず、明らかに自信をつけたアンディが、ウェイトレスのマリーに出会う。マリーは就職面接で若いホテル経営者アルベルトに出会い、アルベルトの自宅アパートにエーファが訪ねてくる。エーファとその夫でスター弁護士のクルトは一緒に結婚記念日を祝い、クルトは弁護士事務所で法学部生のズィモーネを誘惑し、ズィモーネはロックミュージシャンのトムとドナウ川の岸辺で寝て、トムは辺鄙《へんぴ》な場所にあるレストランで映画女優のノラに出会い、ノラの自宅アパートにコンツェルンのマネージャーであるマルティンが訪ねてくる。

最後の章では、泥酔状態のコンツェルンマネージャーが、ロシア人売春婦リュドミラの部屋で目覚めるが、どうして自分がそこにいるのか、まったく思い出せない。頭がガンガン痛むせいで、ほとんど起き上がることさえできず、おまけに吐き気とめまいがする。リュドミラが、前の晩に作ったボルシチ――つまり赤かぶのスープ――を一杯、ベッドまで運んでくると、ベッド端にうずくまるように座り、午前中いっぱいかけて自分の子供時代の話をする。リュドミラはロシア東部、オホーツク海沿岸のマガダンという町近郊の小さな村で育った。その村は冬にはマイナス四十度になり、モスクワまでよりカナダまでのほうが断然近い場所にあった。リュドミラが五歳のとき、両親が村を去った。それ以上寒さに耐えられず、首都で新しい生活を始めようと考えたのだ。リュドミラはアルコール依存症の祖母と、祖母の二十匹の飼い猫とともに暮らすことになった。ときどき両親から、できるだけ早く迎えにいくという約束の書かれた手紙が来た。やがて、何年も手紙が来なくなった。リュドミラは十八歳になると、両親を捜すためにモスクワ行きの飛行機に乗った。モスクワの空港で、ふたりの男に話しかけられた。男たちは、リュドミラはモデル向きの美しい顔だけでなく、その顔にふさわしい体も持っていると言い、西欧でモデルとして働く気はないかと尋ねた。最初はウィーンで、その後は別の町でも。もしかしたらアメリカにさえ行けるかもしれない、と。リュドミラはためらうことなく承諾の返事をして、ただ、まずは両親を見つけなければならないと告げた。男たちはリュドミラを小さなホテルの部屋へ連れていくと、両親を捜してやると約束した。だが結局見つけられなかったと言い、まずはほんの数か月間、外国でたっぷり金を稼いで、それから両親のもとへ戻ればいいとリュドミラを説得した。数日後、リュドミラはウィーンに着き、同時に厳しい現実にぶち当たった。いまとなっては、モスクワへ帰って、ついに両親と再会すること以上の望みはない。コンツェルンマネージャーのマルティンは、この若いロシア人女性の家で、心の安らぎを感じる。もう長いこと感じたことのなかった安らぎだ。リュドミラがさらにハーブティーをいれてくれて、足をもんでくれる。リュドミラの話に、マルティンは胸を打たれ、助けてやると約束する。自分のコネを使って新しいパスポートを用意し、逃げる手助けをしてやろうと思う。結局ふたりはもう一度交わる。とはいえ、夜中の一度目の情事のことを、マルティンは思い出せないのだが。昼になると、マルティンはリュドミラの部屋を出て、家へ戻る。そこには恋人が待っている。妻とはもう何年も前に離婚している。恋人は小旅行を計画していて、マルティンを驚かせる。車はすでに玄関前で待っているし、荷造りも終わっている。ふたりは山へと車を走らせる。マルティンの頭には、ロシア人売春婦のことはもはやない。

マティルダは、クサヴァーの五作の小説のなかで、この作品が一番好きだった。それは、この小説がシュニッツラーの『輪舞』をもとにしたものであり、マティルダにとっては『輪舞』こそが、クサヴァーとの関係への入場券だったから。一九八〇年五月のあの講義がシュニッツラーの『輪舞』についてのものでなければ、クサヴァーが紙とボールペンを貸してほしいとマティルダに話しかけることは、決してなかっただろう。マティルダはそれ以来、ウィーンの医師であり作家であったシュニッツラーとのあいだに、特別な絆を感じていた。

マティルダがクサヴァーに語る物語

夏休みが終わって、授業が始まると、私は緊張を強いられることになった。現在の二重生活をどうやって維持していけばいいか、わからなかったからだ。これからは、彼を毎日何時間にもわたって、ひとりにしておかねばならない。学校が終わった後の午後と晩、夜中、それに週末は彼のもとで過ごすことができるが、それもいつもではない。ときには庭仕事もしなくてはならないし、買い物にも行かなければならない。それになにより、私が完全にプライヴェートでの付き合いをやめたら、友人のシルヴィアも職場の同僚たちも、不審に思うだろう。人目を引くことは絶対に避けたかった。だから私は、読書会やハイキングや劇場通いなどを続けた。一度、警察が来て、いろいろ質問していったことがあったが、三十分後には帰っていった。

総じて見れば、なにもかも問題なく運んだ。私がいないあいだ、彼には子供向けチャンネルで映画を見ることを許した。ただし、いつものとおり、音はなしで。彼はまるで催眠術にかかったかのような極度の集中力で、映画を見た。上半身をゆらゆらと前後に揺すりながら、目をまん丸に見開いて、テレビ画面を見つめていた。音をまったく立てずに口を動かし続けるアニメのキャラクターや俳優たちを、彼は真似た。テレビの前に座る彼は、まるで懸命に空気を求めてあえぐ魚のようだった。戸棚の上には、彼がいつでも好きなときに手に取れるよう、常にお絵かきと工作用の道具を置いておいた。なにもかも完璧に運び、私の緊張はすぐにほぐれていった。私は心の平衡を取り戻した。

クサヴァー　君のその話、どんどん薄気味悪くなっていくな。

マティルダとクサヴァー

人は誰もが、なんらかのモティーフを抱えて生きている。人生という総譜とメロディを形作るひとつのテーマだ。ほとんどの場合、そのモティーフはその人の生い立ちと深く結びついており、人生を通して広がり、どんどん大きくなっていく。そこから逃れることはできない。せめてその影響力を少しでも弱めようと、どれほど努力しても。自分の人生のモティーフを、少なくとも人生の一時期には、しっかり自覚している人間もいる。一方で、まったく自覚していない人間もいる。自覚がない理由はたいがい、自分で認めることができないからだ。さらに、ふたつ目のモティーフがひとつ目のモティーフと絡み合い、ひとつ目のモティーフに独特の個人的な色を加えることもある。

モティーフにはどんなものがあるか？　たとえば、クサヴァーの母インゲのモティーフは、明らかに「忠誠」だ。インゲは死ぬまで、いや、死んでもなお、「忠誠」を貫いた。夫のトーマスに忠誠をつくした。トーマスはインゲの一生を通して、最初にして唯一の恋人であり、実際インゲは、ほかの男には思いも視線も一度たりと向けたことがなかった。そして、インゲは息子にも忠誠をつくした。息子のためならどんなことでもした。だが、インゲが最も強く忠誠をつくした相手は、先祖たちと、先祖たちから譲り受けた家だった。死の直前、インゲはとっさに決断を下し、旧友とともに財団を創設した。そして、その財団の創立者兼総裁となった。財団の財産はたったひとつ、壊れかけた巨大な家〈シューロート〉だった。財団の受益者はクサヴァーと、もしクサヴァーが家族を持つことがあれば、その家族。財団の目的は、クサヴァーが一生のあいだ家を売ることができないようにすること。というのも、インゲが一番心配していたのはそのことだったからだ――自分の死後、息子が即座に家を叩き売ってしまうのではないか。インゲはそれを、どんな手段を使ってでも阻止したかった。クサヴァーの死後、家を相続できるのはクサヴァーの子孫のみ。もしもクサヴァーが子孫を残さなかった場合には、家は作家協会に寄付されることになる。インゲのふたつ目のモティーフは、明らかに「厳格」だった。自分に対しても、他人に対しても厳しかった。インゲの忠誠は、常に愛情深いばかりではなかった。クサヴァーの父トーマスのモティーフは「柔和」、マティルダの母マルタのモティーフは「憎悪」、マティルダの父パウルのモティーフは「服従」だった。

マティルダ自身のモティーフは「意欲」であり、自分でもそのことをじゅうぶんに自覚していた。そればかりか、それを誇りに思い、それを目標に生きていた。意欲に満ち溢れており、自分の人生の舵をしっかりと握っている。自分の望みをきちんと把握していて、そちらへと舵を切っていく。それ以上に充実した生き方があるだろうか？　マティルダという人間のすべてが、意欲から成り立っていた。全身のあらゆる毛穴から、「私は人生を無駄にしない、ゆえに私は存在する」という信条が発散されていた。だが、努力一辺倒のつまらない人間だとは思われたくなかったので、マティルダは自分の意欲に、ほんの少し軽やかさと朗らかさをまとわせようとした。だが、いつもうまく行くとは限らなかった。なにしろ、マティルダのふたつ目のモティーフは「憂鬱」だったからだ。

教師になって最初の十年間、マティルダは一日たりとも欠勤しなかった。校長に病気だと告げて弱みを見せるくらいなら、気管支炎を押して、這ってでも通勤するほうがましだった。生徒や同僚教師が問題を抱えていると気づけば、すぐにそばに行き、力を貸した。人に、あなたには意欲がある、あなたは有能だと言われたり、生徒の親に、授業にこれほどさまざまな手段を取り入れる意欲のある先生には出会ったことがないと褒められるたびに、誇らしい気持ちになった。マティルダは身だしなみを整えることに気を遣い、職場でも、友人に対しても、クサヴァーに対しても、常に親切で明るく楽観的に振る舞った。だが、実は心の奥底はまったく違っていることも多かった。母親の姿が、マティルダの心の奥深くに根を下ろしていたのだ。肥満し、悪臭を放ち、不機嫌で、無気力で、脂じみた髪と汚れた上っ張りを着てソファに座る母の姿が。マティルダは母と真逆の存在でいたいと考え、毎日その思いに従って行動した。それは強迫観念のようなものだった。だらしなさは、死に値する罪だった。週末や休暇中にさえ、マティルダは意欲的に生活した。授業の準備をしたり、生徒たちの宿題を添削したりするほか、自由時間にはさまざまな活動を計画し、実行した。ハイキング、サイクリング、観劇、美術鑑賞。家でだらだらと過ごすなど、論外だった。

ただ、クサヴァーだけは、意欲的に生きるマティルダに感心してくれなかった。それがマティルダを苦しませた。

マティルダがクサヴァーに語る物語

彼の二歳の誕生日から八歳の誕生日までの月日が、一番幸せだった。その後はすべてが難しくなっていった。彼は肉体的にどんどん強くなり、突然、制御不能の怒りの発作に襲われるようになった。一番ひどい発作は、私がドアからそっと出て行こうとするときに起きた。それに、誰かが上階の私の家の玄関前に立っていて、呼び鈴を鳴らしていたりすると、眠ろうとしなくなった。彼は私を出て行かせようとしなかった。いや、違う。実は出て行かせたがっていた。だが、なんとかして自分も一緒に出て行きたがった。狭い住居の外の世界を、彼は知りたがっており、どうしてそれが許されないのか、理解できずにいた。私にとって、ドアをほんのわずかに開けて、そこから体を押し出し、外から閂《かんぬき》をかけるという作業は、ほとんど不可能に近くなった。彼は私にしがみつき、私を叩き、私の腕や脚に噛みつき、私のほうも、ほかにどうしようもなくて、殴り返した。そんな闘いは、私たちのどちらにとってもつらいものだった。私はついに、野球のバットを買って、彼の住居に入るときにも、出て行くときにも、それを手にせざるを得なくなった。だが一年ほどたつころには、彼はこの武器のことさえ恐れなくなり、ドアまで私についてきた。一度、彼の左手を強く叩きすぎたことがある。たぶん指の骨が折れてしまったのだろう。それから何週間も、彼の手は紫色に腫れあがっていた。今日にいたるまで、彼は左手を完全に動かすことができない。左手には障害が残り、奇妙にこわばっている。

クサヴァー　やめてくれ、マティルダ、いくらなんでも残酷すぎる！

なんとか策を練らねばならなかった。これまでは踏ん切りがつかなかったけれど、もはやほかの選択肢はなかった。彼が眠りこむのを待って、私は細い鉄の鎖の片端を彼の片方の足首にきつく巻き付け、南京錠《なんきんじょう》で固定した。もう一方の端は、彼をこの家に連れてくる前にあらかじめ壁に取り付けておいた輪に通して、やはり南京錠で固定した。この鎖があっても、彼は住居のなかを自由に動くことができる。バスルームにも寝室にも、リビングキッチンにも、廊下にも行ける。ただ、玄関ドアにだけは届かない。私は鎖の長さと輪を取り付ける場所とを正確に計算しておいたのだ。彼は、玄関ドアの一メートル手前で立ち止まらざるを得ない。とはいえ、そこから腕を伸ばせば、彼の指先は開いたドアに触れるし、ドアの向こうにある地下室も目に入る。私が出て行くとき、彼は両腕を伸ばしたままそこに立ち、意味をなさない叫び声を私に向かって浴びせかける。それだけでなく、私は彼に鎮静剤を与えるようにもなった。彼が十歳ごろのことだ。ほかにどうしようもなかった。

彼が幼いときのように、いつもそばで眠ることもなくなった。一緒に過ごす時間に、気分がカリカリして辛くなってくると、私は彼のもとを去る。ただ、ふたりで穏やかで心地よい晩を過ごせたときだけ、私は彼の手に手を預けて、大きなベッドへと引っ張っていかれるがままになる。そんなことがあるのは、だいたい週に三、四回だ。眠っている彼を見つめるのが、私は好きだ。ふさふさで、あちこちが跳ねてばかりのこげ茶色の巻き毛を撫でる。彼はいまだに、昔着ていた服を丸めて、それを抱きしめて眠る。そうしないと眠れないのだ。首と頬とに、古い服をぎゅっと押し当てて眠る。トラクターの絵がついた青いTシャツに、デニム地の胸当て付きズボン。私が迎えに行ったときに、彼が着ていた服。

クサヴァー　トラクターの絵がついた青いTシャツ？　デニム地の胸当て付きズボン？　おい……それはヤーコプが誘拐されたときに着てた服じゃないか！
マティルダ　そうよ。
クサヴァー　ちょっと待て、君のその話はいったいなんなんだ？　語り手は子供を家に連れてきて、言葉なしで育てて、鉄の鎖でつないで、その子とセックスする？　まだ十六歳なのに？
マティルダ　十六歳になるのは十月なんだけど。
クサヴァー　おい、君は、ヤーコプを誘拐したって言いたいのか？
マティルダ　あなたの息子は、いい愛人よ。
クサヴァー　やめろマティルダ、全部病的な妄想だ‼　君はヤーコプを誘拐なんてしてない！
マティルダ　どうしてそう言い切れるの？
クサヴァー　わかった、わかったよ、君の勝ちだ。そういうことなんだろ？　君のほうが、僕よりもずっと豊かな想像力の持ち主だ！　実際、君のほうが作家になるべきだったんだ。これで満足か？
マティルダ　ねえ、ほかに言うことはないの？　警察に行かなくていいの？　息子さんに会いたくないの？
クサヴァー　ヤーコプが誘拐されたときに着てた服は、報道で知ったんだろう！
マティルダ　報道だけじゃないかもよ。
クサヴァー　信じないぞ！
マティルダ　どうして信じないの？　教えてよ、クサヴァー！　どうしてそんな反応なのよ？　こんなときには、誰だってあそこのガラス戸棚にあるピストルを取って、警察に通報してから地下室へ走るんじゃない？　それとも地下室へ走ってから通報する？
クサヴァー　話にもならない‼　まるで悪夢だ！
マティルダ　十四年前から、ずっと悪夢を見てるんでしょ？　違う？
クサヴァー　ヤーコプがどこにいるっていうんだ？
マティルダ　この、床の下。マリア伯母さんの地下壕。
クサヴァー　マリア伯母さんの地下壕⁇
マティルダ　そう。もうしたでしょ、地下の待避壕の話。チェルノブイリの原発事故のあとに、伯母さんが造らせたの。
クサヴァー　君の妄想は病的だ！

マティルダ　たぶんいまごろ、彼、絵を描いてるんじゃないかな。
クサヴァー　君は病気だ！
マティルダ　さっきから同じことばっかり。彼に会いたくないの？
クサヴァー　そんなに言うなら、ヤーコプのこと、詳しく描写してみろよ！
マティルダ　いいわよ。背が高い。もう一メートル七十五センチある。体重は六十キロ。毎週、身長と体重を測ってるの。あなたに似てるわ、クサヴァー。あなたと同じこげ茶色の巻き毛で、同じようなひょろひょろした体型で。
クサヴァー　ヤーコプは僕に似てなんかいない！
マティルダ　あら、どうして？　子供のころ金髪だったから？　でもその後、こげ茶色になったのよ。
クサヴァー　いい加減にゲームはやめろ！　僕たちはお互いに物語を披露し合った。昔みたいに。君の話がぞくぞくして面白かったのは認めるよ。でももうこのへんで終わりにしよう‼
マティルダ　彼、あなたと同じえくぼがあるのよね。
クサヴァー　僕と同じえくぼなんてない！　いい加減にしろ！　ストップ！　カット！　ゲームは終わりだ。もううんざりだ！　物語はここで終わり！
マティルダ　まだ終わりじゃない。
クサヴァー　マティルダ、どうしてこんなこと？
マティルダ　どうして私がヤーコプを誘拐したかってこと？　動機は明らかじゃない？　あなた

は成功するやいなや――それも私のおかげで、私のアイディアのおかげで成功するやいなや――出て行った！　あっさり！　ひとことも言わずに！　だから復讐したかった！　私があんなに欲しかった子供を、あなたはほかの女と作った！

クサヴァー　そのことは悪かったよ、マティルダ。もう何度も謝ったじゃないか。本当に悪かった！　でも、ヤーコプはここの地下にはいない！　君がそれでもまだファム・ファタルを演じたいなら、どうぞご自由に。ひとりでやってくれ。僕はホテルに戻る！

マティルダ　どうしてそんなにはっきり言い切れるのよ？　ヤーコプがマリア伯母さんの地下壕にいないって。話して、クサヴァー！　あのとき、本当はなにがあったの？

クサヴァー　なんだって？

マティルダ　私たちの遊びの特別ヴァージョン、憶えてる？　お互いが相手の物語にふさわしい結末を考えて、それを披露し合うの。私のいまの物語に、ふさわしい結末を考えて。それが終わったら、警察へ行きましょう。

クサヴァー　警察になんて行かない！　君がヤーコプを誘拐したなんて嘘だ！

マティルダ　そうじゃない。出頭しなさいって言ってるのよ、クサヴァー！　でもその前に、私の物語の結末を教えて！

クサヴァー　なにを言ってる？

マティルダ　話して‼　あんな物語であとどれだけ挑発すればいいの？　私に真実を話して。そして、警察に出頭して。いい加減にけりをつけて、もう一度自分の人生を取り戻して‼

マティルダとクサヴァー

クサヴァーのモティーフは「虚栄」だった。だがクサヴァーがそれを自覚することは、滅多になかった。作家になりたい、作家にしかなりたくないと自ら決意したのも、まさに虚栄が理由だった。大勢の観衆の前で賞に輝いた物語を朗読する栄誉を与えられたとき、クサヴァーは九歳で、マイクの前に立つ一分一秒を、観客席からの視線のひとつひとつを、存分に楽しんだ。ほかの子たちのように緊張はしなかった。ただ誇らしさでいっぱいで、誰よりも強くなった気がした。その日以来、クサヴァーは父の趣味である文芸活動にいっそう興味を持ち、父の朗読会のみならず、ほかの作家の朗読会にも出かけるようになった。

そうして気づいたのは、多くの人が、朗読をしたり話をしたりする作家を前にして——文字通りその足元に座って——、崇拝の念もあらわに目を輝かせていることだった。特に女性たちは、男性作家の口もとを凝視していた。まるで作家の口から出るひとことひとことが、なにか神々しいものであるかのように。まるで作家の言葉のすべてを、自分のなかに吸い込んでしまおうとするかのように。一度、ある作家の朗読会の後、エレガントな服を着た女性が、友人の女性に向かってこう言うのを聞いたことがある。「もう、本当に興味深い人ね。あんなにいろいろ話せるなんて！」当時十七歳だったクサヴァーは、思った。いつか人にこう言わせるのが、これからの僕の目標だ！　だがクサヴァーは、目標に向かってわき目もふらずに努力するタイプではなかったため、長いあいだこの目標に手が届かなかった。

作家になろうと決意したふたつ目の理由は、きつい肉体労働に対する嫌悪だ。母のインゲは、汗水たらして働くとはどういうことかを息子に学んでほしいと思っていた。そういうわけでクサヴァーは、夏休みの一か月間、村の農場で働かされた。靴工房が閉鎖されたときには、父と左官とを手伝って、何週間もかけて家の改修も手掛けた。汗まみれで、呪いの言葉を吐きながら、暑さのなかで重労働に従事したクサヴァーは、自分は肉体労働には向いていないという結論に達した。つらい仕事には嫌悪感しかなかった。自分は農民だろうが建設労働者だろうが、とにかく肉体的な重労働をする男にはなれないと実感した。働いていると気分が悪くなり、ときには吐き気やめまいまで催すこともあった。村の男たちは、ほとんど全員がなんらかの肉体労働に従事しており、そんな彼らにクサヴァーは同情した。夜に家に帰るときには汗まみれで汚く、なにより疲れ切っていて、仕事後の自由時間を有意義に使うことなどとても考えられない男たち。彼らはきつい仕事をするばかりでなく、大きな責任を負ってもいた。家のローンは払わねばならないし、子供たちを養わねばならないし、妻を満足させねばならない。そんな人生は、絶対に送りたくなかった。

虚栄のせいで、クサヴァーはさまざまな役を演じることになったが、自分ではそれを自覚していなかった。母の前では愛情深い息子、勉強熱心な学生の役を演じた。母が友人たちに息子のことを話すときには、いいことばかりを言ってほしかった。そこで、特に帰りたいとは思わないにもかかわらず、しょっちゅう実家に帰った。だいたい二か月に一度、義務的訪問を果たした。花をみやげに持っていき、熱心に母の話を聞き、母に料理をしてやった。だが、いい加減に〈シュトロート〉に戻ってこないかという話になると、はぐらかした。母を傷つけたくなかったからだ。真実は決して母に話さなかった。自分が本当のところは実家に耐えられないことも、ウィーンではまともに大学に通ってなどいないことも。こういったことで喧嘩をする相手はマティルダであって、母ではなかった。

大学の授業に出ることは稀だったが、受けた数少ない口頭試験では、教授たちの前で、すべてに対して問いを投げかける哲学者の役を演じた。友人たちの前では、政治に興味を持ち、環境保護や苦境に立たされる難民たちのために奔走する、知的な芸術家の役だった。実際、ハインブルガー・アウで何日もデモに立ち（一九八四年、ドナウ河畔のハインブルガー・アウに建設予定だった水力発電所に反対して、多くの市民が同地を占拠し、デモをした）一時はアムネスティ・インターナショナルでボランティアもした。そして、女たちの前では、優しくて思いやりのある作家だった。

クサヴァーの虚栄は、職業の選択に決定的な役割を果たしたのみならず、クサヴァーを際限なく女から女へと駆り立てた。クサヴァーは女を愛し、必要とした。女が沸き立つような恋情と、知的渇望と、貪るような興味とをあらわに自分を見つめる瞬間が必要だった。そんな瞬間をクサヴァーは求め、それなしではいられなかった。恋する女たちのうっとりとした視線を浴びていたかった。子供のころ、母のまなざしを思う存分浴びていたように。

クサヴァーは見た目もよく、魅力的で、女たちの心を惹きつけた。十六歳からはセックスも存分に楽しんだ。相手はほとんどが年上の女だった。女たちはクサヴァーを崇《あが》めた。作家になりたいんだ——後には、作家なんだ——と言うと、女たちは信じられないという顔をした。作家になった後も、無数の朗読会で聴衆の視線を浴びることができるほど成功していたわけではなかったので、女とふたりの関係というささやかな舞台で満足するしかなかった。だが何度か会ううちに、恋も感銘も薄れ、女たちは自分の悩みをクサヴァーにぶつけはじめる。伴侶や元伴侶の愚痴、つらい子供時代、難しい子供たち。女たちの話はほとんどの場合、去ることと去られることをめぐるものだった。去ることへの不安と、去られた後の孤独の話だった。

女たちの誰かの話を面白いと思えば、クサヴァーはその女と長く付き合った。そうでなければ、すぐに関係を絶った。家計が苦しいだとか、十八歳にもなるのに、ひどい両親はまだ車を買ってくれない、といったつまらない愚痴には、耐えられなかった。そんなときは、よくベッドから起き上がり、女がまだ話しているのにも構わずに、服を着始めた。クサヴァーが聞きたいのは、本物の悲劇だった。それが、クサヴァーが女たちと付き合うふたつ目の理由だった。クサヴァーは人の人生の物語を聞くことが好きでたまらず、聞きながらすでに、執筆に役立つものとそうでないものとを区別していた。恋する女たちは、クサヴァーとの情熱的な一夜の後に、家族の過去から現在にわたるあらゆる悲劇や秘密を、喜んで話してくれた。ときにクサヴァーは、そういった物語についてメモを取ることもあった。いつか小説に使えるかもしれないからだ。(書き溜《た》めた話を実際に小説に使ったことはほぼ一度もなかったが、それでも話を聞くのは好きだったし、漠然といつか小説に使いたいと思い続けていた。そもそも、話を聞くほうが、書くよりも好きだった。作家としては致命的な欠陥だ。）

マティルダに出会ったときには、それまでに何人の女性と付き合ってきたのか、もうはっきりとはわからなくなっていた。実際、そんなことを申告する気もなかったので、マティルダに対しては、これまで付き合った女性は三人だと言った。マティルダはクサヴァーの目にはとても誠実で真面目な女性に映ったため、マティルダに気に入られたい、表面的で底の浅い女好きだと思われたくない、という理由でついた嘘だった。こうして、ふたりの関係には、最初から嘘が居座ることになった。

付き合い始めた当初から、クサヴァーは、マティルダが自分と自分のキャリアにとって非常に役に立つ存在だと予感していた。というのも、クサヴァーに書かせること、書き続けさせることにかけて、マティルダの右に出る者はいなかったからだ。クサヴァーは悪人ではない。決してマティルダを意識的に利用しようと思ったわけではない。本当にマティルダを愛していた。マティルダのエネルギーと真面目さに感銘を受け、最初の数年はそこから多大な恩恵と影響を受けた。それに、マティルダのとてつもなく大きな愛情にも胸を打たれ、マティルダからの崇拝の念に何年も心地よく浸った。ほかの女たちの場合は、クサヴァーを見つめる際の瞳の輝きは、数回会った後にはもう失われた。興味も恋情も薄れた。だがマティルダの崇拝は、信じられないほど長く続いた。そのおかげでクサヴァーは、九年間も目移りせずにいられたのだった。

なぜ「意欲」と「虚栄」が引き合ったのか？　どうしてそんなことがあり得たのか？　なぜふ

たりは恋に落ちたのか？　とりわけマティルダのほうは、後によくそう考えた。クサヴァーの浮気がわかり、とてつもなく苦しんでいたころには、特に。問いの答えは、クサヴァーはマティルダと同じふたつ目のモティーフを抱えているから、だった。つまり「憂鬱」。それに、ふたりの情熱が同じものに向けられていたから――文学への愛。物語を聞くことへの、語ることへの愛。空想の翼を広げることへの愛。

クサヴァーは確かにほかの女たちと寝て、彼女たちの話を聞きたいとは思った。だがそれだけだ。クサヴァーが自分自身のことを語る相手はマティルダひとりだったし、一緒に生きていきたいと思う相手もマティルダただひとりだった。本当に自分を理解してくれているのは、マティルダだけだと感じていたからだ。クサヴァーが一日で一番好きな時間は、夕方から夜にかけて、マティルダの声が静かに、穏やかになり、昼間ほどは甲高くなくなるときだった。ふたりで一緒に料理をし、暖かな季節にはバルコニーで夕食を取る時間。ふたりが一緒に仕事部屋で仕事をする時間。クサヴァーはそのとき取り組んでいる小説を書き、マティルダは翌日の授業の準備をする時間。ふたりでソファに寝転んで、それぞれの一日を語り合う時間。

クサヴァーが語りなおすマティルダの物語

クサヴァー　君の物語にふさわしい結末を考えるだけじゃない。物語全体を新しく語りなおしてやるよ。タイトルは『国語教師』。よければ一緒に作っていこう。途中で付け加えることがあれば、口をはさんでくれて構わない。

マティルダ　わかった。

クサヴァー　十六年以上、作家と国語教師は恋人どうしだ。友人たちの目には、理想の恋人そのものに映っている。ふたりは互いを理解し合い、ともに本を愛し、話すのが好きで、毎日のように物語を語り合う。ときには物語でゲームをすることもある。ふたりの関係の数少ない問題は、作家がなかなか望むような成功を手に入れられないことと、国語教師が子供を欲しがっているのに、作家のほうは生活していけるか不安で、子供を持つことを拒否していること。そのほかの点では、ふたりは幸せだ。少なくとも、幸せだと思っている。

マティルダ　ふたりの幸せは、互いへの依存の上に成り立っている。作家はそもそも生きるために、つまり経済的な意味で、国語教師を必要としている。なぜなら、家計の大半を担っているのは、国語教師のほうだから。そして国語教師のほうもやはり、生きるために作家を必要としている。感情的な意味で。なぜなら彼女は、作家を死ぬほど愛しているから。

クサヴァー　国語教師にはあまりにたくさんのコンプレックスがあって、作家が本当に彼女を愛していること、彼女を利用しているんだと自分に思い込ませているだけであることがわからない。ある日、作家は素晴らしいアイディアを思いつき、そのアイディアをもとに、一年半かけて、青少年向きの三部作小説を書き上げる。

マティルダ　記憶がどれだけ嘘をつくかのいい証拠ね。素晴らしいアイディアを作家に提供したのは国語教師のほうで、その後ふたり一緒に、一年半かけて、三部作小説を書き上げるんでしょ。

クサヴァー　とある大手出版社が三部作を買ってくれて、無名の作家は一晩で誰もが知る有名作家になり、成功を手にする。

マティルダ　こうして依存のバランスが崩れ、作家はある朝、別れを告げることもなしに、国語教師を捨てて出て行く。国語教師はその後、作家がセレブなホテル王の娘と結婚したこと、その女性が妊娠していることを知って、ひどく精神を病む。

クサヴァー　作家は別の女に恋をして、または少なくとも恋をしたと思い込んで、国語教師を捨てる。作家はその後一生、そのことを後悔することになる。新しい女との幸せは、つかの間のものだ。一歳半の息子ヤーコプが誘拐されたきり、行方不明になるからだ。妻がこの悲劇から立ち直れないせいで、結婚生活は破綻《はたん》する。作家がその後書く小説も成功しない。作家はベルリンに住んでいるが、書くことができず、酒を飲みすぎ、不幸な恋愛を繰り返し、どんどん落ちていく。何年もたって、すでに五十歳を過ぎたころ、母親が死に、作家は新しい人生を始めるチャンスだと思って、母が遺した家へ移り住む。家の改修を始め、ようやくまた新しい小説に取り組み始める。だが、作家は幸せではない。ぼんやりと過去の思い出と人生の意味とに思いを馳《は》せるばかりだ。

マティルダ　作家は自己憐憫《れんびん》に浸る。

クサヴァー　国語教師はすべてを忘れようと、別の町に引っ越す。だが忘れることはできない。心に深い傷を負った女となり、男性と継続的な関係を築くことができない。国語教師は自己憐憫に浸る。彼女の人生は、静かに孤独に過ぎていく。ある日、病院で、不治の病にかかっていること、余命いくばくもないことを告げられる。長くてあと数か月だと。国語教師は、死ぬ前にもう一度だけ作家に会いたいと思う。作家とのあいだには、まだ決着のついていない問題がある。国語教師は巧みに糸を引いて、勤め先の学校で開催される創作ワークショップに元恋人の作家を割り当ててもらえるよう、州の教育省にいる知人に頼む。作家には、再会は偶然だと思ってもらわねばならないからだ。

マティルダ　どんどん面白くなってきた。

クサヴァー　もしかして、本当にそうなのか？

マティルダ　さあ、そうかもね。

クサヴァー　国語教師と作家は、ともに密度の濃い一週間を過ごす。たくさん語り合い、喧嘩もして、互いに物語を披露し合い、また昔の親しさを取り戻す。作家の目には、国語教師がまったく別の女性になったように映る。秘密めいていて、官能的で、肩の力が抜けていて、強い女性だ。ふたりは昔よくやったゲームをする。お互いが、自分の作った物語を、何日もかけていわば「一切れずつ」相手に語り聞かせていくというゲームだ。すべては国語教師の計画どおり。作家は執筆中の小説の内容を語り、国語教師はとある誘拐の物語を語る。作家は、だんだんその話をおかしいと思い始める。カンプッシュ事件やフリッツル事件を思い出させる内容だ（どちらもオーストリアで起きた監禁事件。一九九八年、当時十歳のナターシャ・カンプッシュが誘拐され、その後二〇〇六年に自力で脱出を果たすまで八年間監禁されていた。また、ヨーゼフ・フリッツルは娘を一九八四年から二〇〇八年まで二十四年間にわたって自宅地下に監禁し、暴行、虐待を繰り返した）。ただ国語教師の話は、実際の事件とは性別が逆だ。とある女性が男の子を誘拐して、自宅の地下壕に監禁し、性的に虐待するという物語。この話でインパクトがあるのは、女が子供を言葉なしで育てるというところだ。作家には最初、その意味がわからない。ところが、その物語は、作家の誘拐された息子の話に違いないということが、だんだん明らかになってくる。すると、子供を言葉なしで育てることの意味もまた、理解できるようになる。作家と国語教師のあいだでは、言葉はとてつもない重要性を持っていた。誘拐された子供は、その言葉を持つことを許されないのだ。作家の目からうろこが落ちる。国語教師が復讐のために息子を誘拐したんだ！　作家は怒りに我を忘れてわめき、即座に警察に行こうとする。ところが国語教師が突然、伯母の形見のワルサーを作家の顔に突き付け、一緒に地下室へ来いと言う。作家は、国語教師が自分のことも地下壕に幽閉するのではないかと不安になる。ふたりはもみ合いになり、作家はピストルを奪い、切羽詰まって国語教師を撃ち殺す。そして狂ったように地下へと駆け下りて、息子を待避壕から解放しようとする。ところが——

マティルダ　ところが？

クサヴァー　地下には待避壕などない。国語教師の物語は、本当に創作だったのだ！　作家が見つけたのは、一冊の『モンテ・クリスト伯』。デュマが著した大長編の復讐劇だ。国語教師は子供のころ、貪るようにこの本を読んだ。その本は、作家が巧みに練り上げられた復讐計画の犠牲になったことを告げている。さらに作家はそこに、別れの手紙があるのを見つける。その手紙で、国語教師は改めて作家への大きな愛を打ち明け、彼女が受けた深い傷のことを描写する。

マティルダ　手紙はとてつもなく感傷的だ。

クサヴァー　それも無理はない。国語教師はこうして、センス良くまとめられた居間に血まみれで倒れたまま、息を引き取る。作家の名を呼びながら。国語教師は病による苦しい死を待つ気はなかった。作家に撃ち殺されたかった。言ってみれば、作家の手で死なせてほしかった。おまけに、国語教師は復讐も果たす。なぜなら作家は、殺人罪で刑務所に入るからだ。一石二鳥というわけだ。

マティルダ　素晴らしい結末ね。でも、誘拐された子供は結局どこにいるの？

クサヴァー　それは、いまだに誰にもわからないんだ。いずれにせよ、国語教師の家の地下にはいない。

マティルダ　どうして国語教師の家の地下にいちゃいけないの？

クサヴァー　国語教師が誘拐したんじゃないからだ。

マティルダ　国語教師が子供を誘拐したんじゃないのは、どうして？　話してよ、クサヴァー！
クサヴァー　要するにこういうことだよ——人はどこまでやれるか？　国語教師は明らかに、そんなことができる人間じゃないんだ。子供を誘拐したいと思った。何百回と想像した。事細かに妄想した。でも実行はできなかった。
マティルダ　でも作家だって、もしかしたらと思ったんじゃないの？　ヤーコプを誘拐したのは元彼女——国語教師——かもしれない、自分が彼女を捨てたから復讐されたのかもしれないって、警察に話したんじゃないの？
クサヴァー　マティルダ——
マティルダ　少なくとも警察は、国語教師にそうほのめかした。十四年前にやってきて、国語教師を事情聴取に連行して、家じゅうをひっくり返して捜索した警察はね。
クサヴァー　なんだって？　マティルダ、本当に悪かった！　そんなこと全然知らなかった。信じてくれ！　警察は僕の口から君のことを聞いたんじゃない。自分たちで探り当てたんだ。
マティルダ　ねえ、私の物語の正しい結末を語ってはくれないの？　一緒に警察に行く前に。このままではどうしようもないでしょう！　これからもずっと、心の平安は得られないままよ。一生ずっと。これからも夜中に息子が泣いてる声が聞こえる気がして、恐怖で汗をびっしょりかいて目覚めることになるのよ。
クサヴァー　正しい結末なんてない！　これは物語なんだぞ！　いったい君はなにを言ってるんだ？

マティルダ　答えが間違ってる。これは物語以上のものでしょう。人生でしょう。じゃあ、教えてあげる。あの誘拐事件はなにかおかしいと、どうして私が知ってるのか。

マティルダとクサヴァー

「個々人の人生になんて、本当のところなんの意味もない。重要なのは、その人生から書き残される物語だ」クサヴァーは、マティルダにそう言ったことがある。「それも、どんな物語でもいいわけじゃないよ。たとえば『彼女は一生のあいだ必死に働いて、死にました』っていうような話じゃない。まあ、これはいつか僕の母を描写するのにぴったりの文章になるだろうな。僕が言うのは、感動的で面白い上質の物語だ。後の世代の記憶に残るような。忘れ去られることなんかなく、ずっと語り継がれていくような。重要なのはさ、人生そのものじゃないんだ。人生なんて、一瞬で宇宙の塵《ちり》になって消えていくはかないものだろ。重要なのは、その後にも残る物語なんだ。人の記憶に残り、語り継がれていく物語が感動的で生き生きしていればいるほど、その物語のもとになった人生も、生きるに値するものだったと後世から評価されることになるんだよ。そういう物語はたいてい、何世代にもわたって語り継がれていくものだ。人生そのものよりもずっと長く、この世界に存在し続けるんだ！　すごいと思わないか？　どうして人間ってやつは、子供を作ることを、後の世まで自分の存在を残すための意義ある仕事だなんて賞賛するんだろう？　素晴らしい物語を残すほうが、ずっと意義のある仕事じゃないか！　そういう物語を見つけ出して書き残すのが、作家の役目だ。なんといっても、人間には物語が必要だからね。物語のない人生を、想像してみろよ！　人間には、拠《よ》り所となる物語が必要なんだ。物語を聞いてなにかを確信することもあるし、なにかを実行したり変えたりする勇気をもらうこともある。もちろん、ただ感動したり、楽しんだりするだけだっていい」

「でも、悲しい物語のほうが、楽しい物語よりも記憶に残りやすいじゃない。ということは、後の世に価値のある悲劇を残すためだけに、人は人生でたくさんの試練に耐えなきゃいけないってことになる」マティルダはそう答えた。

「残念ながら、君の言うとおりだな。悲劇的な試練、ときには風変わりな試練のほうが、人の記憶には残りやすい。ところで、誰の人生にとっても一番悲劇的なのは、そもそもなんだと思う？」

「さあ」マティルダは答えた。

「一番悲劇的なのはさ、どんな人間も、一度しか生きられないことだよ。僕には、それじゃあ一度も生きないのと同じことだって思えるな。若いころになんにも知らずに間違った道を選んで、歳を取ってから、人生をめちゃくちゃにしてしまったって気づく人間が、どれくらいいるか。まるで喜劇だ。悪い冗談だ。そう思わないか？　さあ、俺はもうすぐ死ぬぞ、俺の人生はただのクソだった！　なんてさ。どうしてそんなことになるんだと思う？」

「自分にとってなにが最善だったのかに気づくのは、残念ながら、たいていの場合、後になってからだからでしょ。それに、そういう知恵が身につくのは、だいたい歳を取ってからだから」

「素晴らしい。そのとおり！　でも、どうして若いころには、その知恵がないんだろう？　ひどいと思わないか？　どうしてなのか、僕の持論を知ってる？」

「ううん。でもきっとこれから話してくれるんでしょ」マティルダは笑った。

「どちらが先だったと思う？　人生か物語か？　僕は、物語のほうだと思うんだ！　神は昔、天国で、天使たちに自分で創作したいろんな物語を語って聞かせていた。言うことをきかない雲とか、星とか、風とか、空っぽの地球とか、ほかにも宇宙のあらゆる星の話をさ。

　ある日、ついに語るネタが尽きた。そこで神は人間を造った！　自分が楽しむために、そして語って聞かせるために、物語が必要だったからだ。退屈してたのは天使たちだけじゃない。神自身も退屈だったんだ。そういうわけで、神は人を造り、なんとも陰険なことに、一度しか生きられないっていう性質を考え出した。ひとりの人間の人生から生まれる物語が、それぞれよりドラマティックに、より面白くなるように。神は地球という星の前に陣取って、人間たちの営みを見つめる。そして、たくさんの人間が、人生において間違った決断を下したせいで、自ら不幸へと突き進んでいくのを見て、大いに楽しむんだ！　腹を抱えて笑うんだ！　誰でも知ってるイヴとリンゴの話が、最初で最良の例じゃないか。陰険な蛇の言うことに耳を貸すっていう決断を、イヴはどれだけ悔やんだだろうな！　でも、なかったことにはできなかった。どんな人間も同じだよ。決断は、一度下したらそれまでなんだ！　取り消すことなんてできない。僕が言ってるのは、大きな決断のことだよ。昼になにを食べようとか、そういう決断じゃなくて。一度決断したら、人生はそれに従って転がっていく」

「でも、だからこそ、ひとりひとりの人生が、それぞれかけがえのないものになるんじゃない？

もし私たちみんなが、決断を取り消すために時間を巻き戻せるボタンを持ってたとしたら、きっとずっと押してばかりよ！　想像してみてよ」

「もちろん、そういうボタンはよくないよ。でも、どんな人間にだって、二度目のチャンスがあるべきじゃないか！　歳を取れば、なにを間違ったのか、なにがよかったのかがわかるようになる。そうなった後に、死んで終わりじゃなくて、なんらかの敷居をまたいで、もう一度二十歳なり、十五歳なり、二十七歳なりになりたいって言う権利があってもいいんじゃないかな。それぞれの人が、人生をやり直したいと思う地点に戻る権利があったって。誰もがもう一度人生を生きることができるんだ。ただし、最初に生まれたときと同じ人間としてね。最初の人生と違う条件は一切なし。ただ、最初の人生でなにを間違ったかっていう意識だけは持ってる。そうして、一度目の人生が終わったときに持ってた知恵を生かして、二度目のチャンスに挑戦できるってわけだ。これならフェアだろ？　実人生では、よくこういう言葉を聞くじゃないか——わかった、君にはもう一度チャンスがあってしかるべきだ！　とか、君にもう一度チャンスをやろう！　とかさ。それがどうして人生そのものにあてはまっちゃいけない？」

マティルダがクサヴァーに語る真実

マティルダ　一九九五年、すでに付き合って十五年になる作家と国語教師は、一緒に青少年向けの三部作小説『天使の翼』『天使の子』『天使の血』を書く。執筆中、ふたりはもう長いあいだなかったほど幸せだ。作家はこの三部作を出版してくれる大手出版社を見つけて、国語教師に、来年は結婚して子供を作ると約束する。どちらも国語教師が長年望んできたことだ。作家は、ようやく僕も心の準備ができた、と言う。本は出版され、最初から大きな成功を収める。作家は仕事で各地へ出かけていくようになり、大金を稼ぐ。ある日作家は、自分の持ち物とともに家を出て行く。作家がどこへ行ったのか、国語教師は知らない。国語教師は作家を捜し出すことができない。何週間かたったころ、作家は、大金持ちのホテル王の娘で二歳年上の女性と、ドイツで結婚する。作家の妻となった女性がちょうどはまったばかりの最新の趣味は、自然のなかに引っ込んで、農家を経営すること。さらにふたりには、まもなく子供が生まれるという。国語教師はすべてを、生徒のひとりが開いていた雑誌で知る。国語教師は倒れ、病院の神経科に運ばれて、七か月間入院する。

クサヴァー　なんだって⁇

マティルダ　どうやら教壇で意識を失ったらしい。目が覚めると、国語教師は学校の会議室のソファベッドに寝かされている。通常、病気になった生徒が寝かされる場所だ。医者が厳しい目で見下ろしている。医者は国語教師に、話すことはできるかと尋ねる。国語教師には、無意味な質問に思われる。彼女はただ眠り続けたいだけだ。ところが病院で、本当に話せなくなったことがわかる。国語教師は、素直に言われたことをする。作家宛てに怒りと傷ついた心を吐露する手紙を書き、それをセラピストに渡す。また、別のセラピストが、国語教師の人生にこれから待っている無数の可能性を数え上げるのに、耳を傾ける。あなたはまだ三十八歳じゃないですか、新しいパートナーに出会って家庭を築く時間はじゅうぶんにありますよ！　あなたには、やりがいのある素晴らしい仕事があるじゃないですか！　だが十月、雑誌でヤーコプと名付けられた赤ちゃんの写真を見た国語教師は、心臓が張り裂けるかのように感じる。これは私の子供だったはずなのに。クリスマスに、国語教師はインスブルックに住む伯母マリアを訪ね、ようやく言葉を取り戻す。

クサヴァー　マリア伯母さん、いったいどんな技を使ったんだ？

マティルダ　伯母は国語教師を怒鳴りつける。いい加減に口を開きなさい！　あなたの身に起きたことなんて、誰の身にも起きることなの！　人生には、去ることと去られることしかないんだから！

クサヴァー　人生には去ることと去られることしかない、か。

マティルダ　クリスマス休暇が終わると、国語教師は再びウィーンの自宅アパートでなんとかやっていかねばならない。だが、まだ仕事に復帰できる状態ではない。留守の間に溜まった郵便物をチェックしていた国語教師は、泌尿器科から来た作家宛ての封筒を見つける。なかの手紙には、検査の結果、作家には生殖能力がないことが判明したと書かれている。どうやら作家は、家を出て行く少し前に受けた健康診断で、泌尿器科の検査もしたようだ。作家には生殖能力がない！　生殖能力がない！　国語教師の夢がかなうことは、決してなかったのだ。国語教師が作家の子を産むことは、決してなかったのだ！　そしてそれは、ほかの女たちも同じだ。そう思うと、国語教師の心は少しだけ慰められた。だがそれなら、小さなヤーコプの父親は誰だろう？　作家は知っているのだろうか――ヤーコプが自分の子ではありえないことを。

クサヴァー　――作家は長いあいだ、知らなかったんだ。

マティルダ　伯母が死に、国語教師に家を遺す。国語教師はその家に引っ越す。作家とあまりに長いあいだ暮らした町から出ていくことが、薬になる。ゆっくりと、国語教師は自分の人生を取り戻していく。そしてそのころ、テレビで〈セレブのお宅訪問〉という番組が始まり、最初の二回で、ホテル王の娘とその夫である作家が暮らす広大な農場が紹介される。

クサヴァー　あれを見たの？　僕たちが一緒に暮らしてたころは、テレビなんて持ってなかったのに。

マティルダ　新しい町では、国語教師はテレビを持ってるの。大金持ちのホテル王の娘は、うっとりした目で畑を歩き回り、ゴム長靴を履いて家畜小屋に立ち、牛に干し草を投げてやる。そして視聴者に向かって、ついに自分らしく生きることができるようになって幸せだ、と語る。

自然という、人間が本来いるべき場所に戻ってきたのだと。時間があるときには、自分で牛を引いて牧草地に連れていく。夫と自分は、農場の仕事の多くを自分たちでこなしている。雇っているのは、一週間に一度だけ来る掃除の人、農場を手伝ってくれるブルーノ、それにベビーシッターの女の子だけ。しかもその女の子は、午前中は町の大学に通っている。午後には子供の面倒を見てくれる。夫である作家は、仏頂面で妻の隣や後ろを歩いている。泣きわめく子供をずっと腕に抱えて。

クサヴァー　ヤーコプは注意欠陥多動性障害《ADHD》だったんだ。だから少し――

マティルダ　大変だった？　作家もまた、幸せだと言う。この自然のなかで、この古い農場で。そして微笑みを見せる。そのあいだずっと、作家にまったく似ていない――それに正直に言えば、母親にも似ていない――小さな子供は、作家の髪を引っ張っている。国語教師はテレビ画面で、新しい人生を送る作家が、幸せだとかなんとか、ぼそぼそつぶやく姿を見て、その声を聞く――へえ、と思う。国語教師は信じない。作家のことは、知りすぎるほどよく知っているから。作家は不幸せそうで、腹立たしそうで、どこか攻撃的に見える。彼の持っていた余裕とクールさは、消えてしまっている。

クサヴァー　大げさだよ。たぶん作家は寝不足だったんだ。息子のせいで、何日も寝られなかったんだろう。

マティルダ　とにかく、夫婦は子供と撮影チームとともに、農場じゅうを回る。木材をふんだんに使った贅沢な家のなかを見せる。現代的な家畜小屋、牛が草を食《は》む緑の牧草地、ジャガイモ畑とキャベツ畑、そして、ドイツ初のバイオガス発電設備。農場の敷地すべての電力を、ここでまかなっているのだという。作家はこの設備をことのほか誇りに思っており、何度も何度も、これは環境に優しい未来の発電設備なのだと強調する。テレビ番組は終わり、国語教師の人生は続く。そして二か月後、一九九八年五月、あらゆるニュース番組、あらゆる新聞で事件が報じられる。一歳半のヤーコプ・ゾンネンフェルトが誘拐された。庭のリンゴの木の下に置かれたベビーカーで寝ていたはずなのに、姿を消してしまった。スウェーデン人のベビーシッターであるリヴ・ルンドストロームが、ヤーコプの傍《そば》を離れて、納屋でボーイフレンドと電話をしていたのだ。それも、かなり長い時間。リヴは当初、身柄を拘束されるが、やがて釈放される。誘拐と関係がないのは明らかだからだ。この事件には、痕跡も、身代金を要求する手紙もなかった。数週間たっても、子供の行方はわからないまま。

クサヴァー　いい加減その話はやめないか？　僕にとってはーーほんとにつらいんだ。

マティルダ　誘拐事件から数日後、ヤーコプの両親がテレビで、誘拐犯に向かって呼びかける。母親はすっかり憔悴《しょうすい》して、いまにも倒れそうだ。そして父親である作家も、そう見える。だが国語教師は、作家の顔を見て、なにかがおかしいと気づく。作家の頭のなかには、純粋な狂気が脈打っているように思われる。そして国語教師は、なにかがおかしいどころではないと、確信を抱く。

クサヴァー　そりゃ純粋な狂気が脈打ってたよ。我が子が自分の家の庭からさらわれたんだぞ！

マティルダ　妻の子供が妻の家の庭からさらわれた、でしょ。国語教師は、見覚えのある作家の表情を見て、彼が嘘をついていることを知る。国語教師の目はごまかされない。作家のこわばった視線が見える。作家の右のまぶたが震えるのが見える。瞳がせわしなくあちこちに動くのが見える。国語教師は自問する――作家はこの事件とどんなふうに関わっているのか？　彼は真実を語っているのか？

クサヴァー　やめてくれ、頼む、マティルダ、頼むからやめてくれ!!　僕がどんな思いをしてきたか、どれほど耐え忍んできたか、君は知らないんだ！

マティルダ　話してほしい？　私はなにがあったと思ってるか。それとも自分で話す？

マティルダとクサヴァー

歳月とともに、ふたりのあいだには、付き合い始めたころにはなかった問題が出てくるようになった。まずなにより経済的な問題だ。というのも、クサヴァーが三十歳に近づくころ、母のインゲが月々の仕送りを止《と》めたので、ふたりは自活せざるを得なくなったのだ。マティルダは教師としてフルタイムで働いていたほか、家庭教師もしていたので、稼ぎは悪くなかった。だから、苦もなくあらゆる費用を支払うことができた。マティルダはひとりで、家賃、食費、旅行費を担った。それがふたりの関係に不均衡をもたらした。ふたりとも、その不均衡を嫌悪した。とりわけマティルダ自身が。クサヴァーが自分に経済的に依存しているせいで劣等感を募らせ、それゆえに自分に刺々《とげとげ》しく、つっけんどんな態度を取るようになった気がした。クサヴァーは暗にマティルダをけなし、貶《おとし》めるようになった。小市民的な国語教師のマティルダは、確かに生活していくだけの金を稼いではいる。だが、創造的な作家であるこの自分のほうが、ずっと才能があり、ずっと知的で、さらに人類にとってずっと重要な存在だ、なにしろ自分は後世になにかを残すのだから、というわけだ。

ささやかなゲームが始まった。マティルダがある映画を気に入ると、クサヴァーは当然その映画をけなした。こんなものはメインストリームのくだらない映画だ、まったくの与《よ》太話《たばなし》だ、俗っぽい、訴えてくるものがなにもない、と罵った。一方、マティルダが気に入らなければ、クサヴァーはその映画をどこか特別だとか、ぶっ飛んでいていい、と評した。「この映画にはなにかがある！」——たとえそれが「たかがハリウッド映画」であっても。やがてマティルダはこのゲームのルールを見抜き、必ず先にクサヴァーに意見を言わせるようになった。

　旅行に行こうということになると、ふたりの小さな家庭の大黒柱であり金庫番でもあるマティルダは、乏しい予算で可能なのはイタリアでのキャンプ旅行だけ、それ以上は無理だと主張した。飛行機に乗ってホテルに泊まるような旅はできない、と。クサヴァーがキャンプ旅行を毛嫌いしていることをよく知っていながら。ふたりはちっぽけな二人用テントの前に折り畳み椅子を置いて、そこで食事をした。小型のガス調理器で自炊したスパゲッティを、プラスティック皿の周囲を飛び回る蜂《はち》を追い払いながら食べた。マティルダは、どっぷりと自然に浸れて幸せ、と主張して、満足のため息をつく。クサヴァーはそれを、心のなかでこっそり、自分を苦しめることで得られる満足のため息なのだろうと勘ぐった。クサヴァーは息苦しいテントのなかで寝返りを繰り返し、眠ることができなかった。二時ごろになってようやく、最後のキャンプ客が大騒ぎをやめたと思うと、五時にはもうテントのなかが明るくなる。さらに、ゴミの収集車もやってくる。快適さとプライヴァシーが恋しかった。大勢の靴で踏み荒らされた芝生の上に割り当てられたちっぽけな区画では、まるで舞台の上にいるのと同様だった。トイレットペーパーのロールを手に急ぎ足でトイレに向かう姿が、誰からも丸見えだ。恥ずかしかった。まるで拷問だった。毎年のようにクサヴァーは、来年の夏は旅行自体をボイコットして、ずっと家にいると誓った。したいなら、マティルダひとりでキャンプすればいい。だが毎年のように、結局はマティルダのキャンプへの情熱が感染して、説得されてしまうのだった。

やがてあるとき、起きるべき事件が起きた。秋になり、マティルダは夏の上着をすべて洗ってから地下室にしまおうと考えた。作業中に、クサヴァーのデニムジャケットに、「愛をこめたキスを、ユリ」と書かれたラブレターを見つけて、なかを読んだ。そしてすぐにクサヴァーに、手紙を書いたのは誰かと尋ねた。「ユリって子、知ってる?」クサヴァーは最初、否定した。だがマティルダは、クサヴァーが嘘をついていることを即座に見破った。嘘をつくときのクサヴァーの表情や仕草は、知り尽くしていた。ほとんどそれとわからないほどかすかな表情の動き——それが確かに見られた。やや硬直した視線、右のまぶたの一瞬の痙攣《けいれん》。クサヴァーがマティルダを傷つけまいと嘘をつくときにはいつも表れて、マティルダに真実を教えてくれる動きだ。「まさか、そんなことないよ、母は君のことを評価してる、本当だよ、君の悪口を言ったことなんて一度もないよ」または「いや、本当だよ、このあいだのキャンプ旅行、すごく楽しかった」など。

結局クサヴァーはしぶしぶながらも、浮気を認めた。相手はユリアナという哲学科の学生で、クサヴァーが開催した創作ワークショップを訪れて知り合った。マティルダとは正反対の、型にはまらない自由奔放な女性だ。地面まで届く長いスカートをはいて、無数の腕輪をじゃらじゃらさせ、煙突なみに煙草を吸い、酒を飲めばザル。マティルダはクサヴァーを締め上げて話を聞き出し、クサヴァーは釈明に終始した。クサヴァーにとっては、ユリアナとの浮気などなんの意味もないことだった。これまでにもっと刺激的な情事はいくらでも楽しんできた。ユリアナの存在が大きな意味を持つようになったのは、マティルダとの関係においてのみだった。というのも、ユリアナによって、クサヴァーの嘘の屋台骨が崩れ、マティルダのクサヴァーに対する信頼が消え去ったからだ。マティルダは失望し、傷つき、自問した——彼は私を裏切って、ふたりの関係を足蹴《あしげ》にしているのに、どうして私はそんな彼のために、これほど一生懸命あれこれしているんだろう。何か月間も、マティルダはなにをする気力も失い、数キロ痩せて、体の震えが止まらなくなり、呆然と暮らした。そんなマティルダの姿に、クサヴァーの胸は痛んだ。そして、マティルダを慰めようと懸命になった。このときほど、クサヴァーがマティルダに対して優しかったことはない。クサヴァーは、ユリアナには二度と会わなかった。四年後、マティルダとクサヴァーは、新聞でユリアナの死亡広告を読んだ。ユリアナは煙草に火をつけたまま眠り込んだせいで、自宅のベッドで焼死したのだった。

それが、マティルダの知ったたったひとつのクサヴァーの浮気だった。その後もたまに、なんとなく浮気の気配を感じたことはあったが、そんなときも、マティルダは二度と相手の名前や詳しい事情を尋ねたりしなかった。クサヴァーは一年以上、別の女性とは会わず、その後の浮気もずっと稀になり、なによりずっと用心深くなった。

マティルダにとっては、もっと大きな別の問題が出てきた。マティルダのほうはどんどん強く子供を望むようになっているのに、クサヴァーはそうではなかったことだ。

マティルダがクサヴァーに語る推測

クサヴァー　僕はどっちにしろ、君があんなに欲しがってた子供を作ることはできなかったんだ。
マティルダ　でも、私、きっと折り合いをつけられた。
クサヴァー　ほんとに？　あんなに赤ちゃんを欲しがってたのに。
マティルダ　私が欲しかったのは、あなたとの人生よ。赤ちゃんなら、養子をもらうことだってできた。
クサヴァー　ミュンヘンで健康診断を受けたときに、自分に子種がないって知ったんだ。そのときヤーコプはもう一歳になってた。てことは、あの子が僕の子供じゃないことは、君のほうが先に知ってたんだね。
マティルダ　父親はデニーゼのふたり目の夫。あの酒飲みで暴力をふるうレーサー。デニーゼは当時、あの男から逃げようと必死だった。
クサヴァー　どうして知ってる？
マティルダ　ただの推測。雑誌にしょっちゅう載ってたし。正解？
クサヴァー　ああ。

マティルダ　裕福な妻は、作家にすべてを打ち明け、このままなにもしないで、子供の父親の役割を引き受けてほしいと頼む。ふたりを結びつける当時の情熱的な恋を引き合いに出して。誰の子かなんてどうでもいいじゃない、と妻は言う。だが作家は裏切られ、欺かれたと感じ、不幸のどん底に落ちる。

クサヴァー　まあ、それ以前からもう不幸だったんだけどね。

マティルダ　そうなの？

クサヴァー　デニーゼと僕の関係は、最初からうまく行かなかった。結婚式の直後からもう、あの虚栄まみれで欺瞞《ぎまん》的なポーズが鼻についてしかたなかったよ。「私は自然に戻って、人間本来の暮らしがしたいの！」だもんな。僕は自然に戻りたくもなければ、人間本来の暮らしなんてしたくもなかったね。

マティルダ　あなたは自然をコンクリートで固めてしまいたい人だったものね。

クサヴァー　自分も落ちたもんだと思ったよ。ベビーシッター兼農民になっちまったんだから。デニーゼは出かけてばかりだった！　彼女の気取ったお友達にはもう——

マティルダ　なに？

クサヴァー　吐き気がした。僕だってもう作家じゃなくて、ただの付属品だった。裕福なデニーゼ・ゾンネンフェルトの夫。でも、それだけなら、たぶん乗り越えられたはずだ。僕にとって一番つらかったのは、デニーゼとは話ができないことだった。会話がさっぱり成り立たないんだ。僕たちの生きる世界は、あまりにも離れてた。互いのことがまったく理解できなかった。

デニーゼは一日中、スピリチュアルだのなんだのって話をがなってばかりだった。ヨガだとか瞑想《めいそう》だとか自然の根源的姿だとか。本の話が恋しかった。物語を語り合うことも。君が恋しかった。

マティルダ　じゃあ、作家はどんどん不幸になっていった、というわけね。広大な農場にぽつんと座って、ほとんどの時間、難しいヤーコプとふたりきりで。裕福な妻は出かけてばかり。作家はヤーコプを愛することができない。この子には、いまのこんなどん詰まりの状況の責任はなにひとつないんだと、毎日のように自分に言い聞かせているにもかかわらず。ヤーコプが特別に頑固で、きかん気が強くて、わめいてばかりなことが、事態をさらに悪くする。作家はもう何週間も、別れたほうがいいのではないかと考え続けている。私のこの推理、当たってる？

クサヴァー　どんぴしゃり。

マティルダ　そしてある日、事態はエスカレートする。

クサヴァー　どういう意味だよ？　今度はなにを推理してる？

マティルダ　本当はなにがあったのか、話してくれる気はないの？

クサヴァー　まずは君の推理に興味がある。

マティルダ　なにがあったのか、私の仮説はふたつ。まず最初の仮説。作家はスウェーデン人ベビーシッターと浮気をしていて、ふたりは納屋だかどこだかでセックスしていた。子供がリンゴの木の下で目覚めると、誰もいない。そこで子供は農場のなかをうろついて、なんらかの事故に遭って、死ぬ。作家とベビーシッターは子供の死体を見つけて、恐怖で我を忘れる。そして、死体を隠してすべてを誘拐に見せかけることに決める——顔が灰色だけど、大丈夫？

クサヴァー　子供はどんな事故に遭って死ぬ？

マティルダ　なんらかの事故よ。農場は広大だし、一歳半の子供にとっては危険がいっぱいでしょ。壁をよじ登って落ちるとか。敷地内を自由に走り回ってる馬に蹴られるとか。毒のある実を食べちゃうとか。コンバインかトラクターの下に入りこんじゃったのに、運転手が気づかないとか。ま、それはさすがにないか。

クサヴァー　死体はどこに隠した？

マティルダ　埋めたの。敷地は広大だから、問題なかった。きっとどこかに工事中の場所があって、ちょうどセメントを流し込むとか、タイルを敷くとか、そういう作業をしてたはず。

クサヴァー　じゃあ、ふたつ目の仮説っていうのは？

マティルダ　作家はある日の午後、再び必死で執筆しようとしている。だが筆は進まない。もう何か月も前から、しょっちゅう陥ってばかりのスランプに、またしても陥っているというわけ。とても暑い日で、ヤーコプは庭で眠っている。リンゴの木の下で。母親は女友達と一緒に、三日間のイスタンブール旅行に出かけている。ベビーシッターがようやく大学から戻ってきて、庭で勉強をしながら子守をすることになる。ところが、ベビーシッターは納屋へ行って、スウェーデンにいる恋人と電話を始める。やがてヤーコプが目を覚まして泣き、ベビーカーから這い出して、書斎にいる父親を捜しあてる。ヤーコプは作家に仕事をさせてくれない。泣きわめいて邪魔をし続けるので、作家はヤーコプをベビーシッターのもとへ連れていこうとする。ところがヤーコプはそれを嫌がって、火がついたように泣きわめきながら大暴れし、作家をたたき始める。作家の堪忍袋の緒が切れる。神経は擦り切れる寸前。作家は子供を激しくゆさぶる。あまりに長く激しくゆさぶるので、やがて子供は泣き止む。ぐったりした子供を、作家は床に下ろす。子供はよろめき、倒れる。そして後頭部を暖炉にぶつけて、即死。

クサヴァー　君は僕を人殺しだって言うのか！

マティルダ　そうよ。

クサヴァー　じゃあ、僕は死体をどうしたんだ？

マティルダ　作家は死体をどこかに埋めた。敷地は――

クサヴァー　――広大だから問題なかった。

マティルダ　さて、どっちの仮説が正解？

クサヴァー　少し――もうぐったりだよ――少し新鮮な空気が吸いたい。

マティルダ　私も。めまいがする。

半時間後

クサヴァー　顔が真っ青だぞ。

マティルダ　大丈夫。新鮮な空気を吸ったら、気分がよくなった。

クサヴァー　なあマティルダ、僕は犯罪者じゃない、ただ――

マティルダ　弱いだけ？
クサヴァー　もう何年も前から、出頭しようと思って、しょっちゅう警察署の前まで行くんだ。でもできない！　事件が起きたとき、すぐに真実をそのまま話さなかったのは、自分を守るためだけじゃない。ほかにも守らなきゃならない人がいたんだ。
マティルダ　リヴのこと？
クサヴァー　ああ。真実を話せば、リヴの人生はめちゃくちゃになっただろう。僕はリヴを守りたかった。まだ本当に若かったんだ。もちろん、僕が卑怯だったせいもあるけど。
マティルダ　じゃあ、私の最初の仮説は当たってたのね。
クサヴァー　一部はね。結末はまるっきりそのままじゃない。
マティルダ　警察に行きなさい！　クサヴァー、お願い、出頭して！　このままではどうしようもない。警察に行って全部話せば、自由になって、新しい人生を始められるじゃない。
クサヴァー　五十四歳で？
マティルダ　最近じゃ、五十四歳なんてまだまだ若いほうでしょ！　お祖父《じい》さんが主人公の小説を書き上げて——素晴らしい話だと思う——それから、このことについても小説を書いたらいい。
クサヴァー　このことって？
マティルダ　私たちのことや、あったこと全部！　思う存分書いたらいいじゃない！　さあ、じゃあ一緒に警察に行きましょうか。

クサヴァー　でも、リヴはどうなる？
マティルダ　きっとリヴもわかってくれる。それに、ほっとすると思う。当時嘘をついたことなんて、もうとっくに時効になってるはずだし。
クサヴァー　やっぱり無理だよ！　とても無理だ！　デニーゼは——
マティルダ　デニーゼだってようやく、息子になにがあったか知ることができる。
クサヴァー　なあ、もし、なにもかも終わったら、一緒に来てくれるかな？
マティルダ　どこへ？
クサヴァー　〈シューロート〉へ。
マティルダ　どういう意味？
クサヴァー　どういう意味かっていうと——僕にもう一度チャンスをくれる？
マティルダ　私——もう、わけがわからない。
クサヴァー　ふたりで養子をもらったっていい。
マティルダ　五十四歳で？
クサヴァー　最近じゃ、五十四歳なんてまだまだ若いほうだよ。
マティルダ　家に戻りましょう。そして、車で警察まで行きましょう。
クサヴァー　じゃあ、家へ戻るまでのあいだに、僕の物語にふさわしい結末を聞かせてくれ。
マティルダ　わかった。

マティルダが語るクサヴァーの物語の結末

リヒャルト・ザントはシカゴへ向かう。六十三歳で、飛行機に乗るのは初めてだ。機内で眠り込み、三十年前の自分が、ニューヨークの港で船から降りる夢を見る。手には小さなトランクを提げて。夢のなかでリヒャルトは、一年以上故郷に暮らしていた。故郷で家族を助け、新しい家と靴工房を再建した。貯金を全部つぎ込んだが、満足だった。大切なのは、家族が幸せに暮らすことだし、金ならミルウォーキーでまたじゅうぶん稼げるだろう。正式な手続きを踏んで、リヒャルトはすべてを弟のカールに譲ってきた。ニューヨーク港では、ドロシーが駆け寄ってきて、ふたりは長いあいだしっかりと抱き合う。愛するドロシーの顔に何度も何度もキスを浴びせ――そこで、客室乗務員にコーヒーはどうかと訊かれて、目が覚める。

ミルウォーキーに着くと、リヒャルトはすぐさまウィスコンシン・アヴェニューへ向かう。なんと、〈オフラハーティー〉靴店はまだあるではないか！　外観はすっかり変わって、ずっと大きくなっているが、まだ営業していて、しかも繁盛しているようだ。あらゆる年齢層の客たちが、大勢出入りしている。リヒャルトは安ホテルに泊まって、昔なじみの場所を訪ねてまわる。だが、誰にも連絡はしない。実際、ほとんどの時間は、ウィスコンシン・アヴェニューで、靴店を眺めて過ごす。店の前をうろうろしたり、ときにはベンチに座って、店の入口を見つめる。やがて、ついに店に入って、必要もないのに、靴を一足買う。ついてくれた若い女性店員に、ドロシー・オフラハーティーのことを尋ねかけるが、結局勇気が出せないまま終わる。次の日、再びベンチに座っていると、ひとりの女性が近づいてきて、隣に腰かける。ドロシーだ。リヒャルトにはすぐにわかる。いまでもとても美しく、いまでも顔にはあの独特の笑みをたたえている。最初に口を開くのは、ドロシーのほうだ。冗談めかして、ミルウォーキーに戻るのにどうしてこんなに長い時間がかかったのかと尋ねる。もう一週間前から、リヒャルトが店の前をうろうろしているようすを見つめていたのだという。それを聞いて、リヒャルトはもう自分を抑えられなくなる。涙が頬をつたう。ドロシーはただ黙って抱きしめてくれる。その後、ふたりは散歩をする。ドロシーは、自分の人生のことを話す。妹と一緒に父の靴店を引き継いだこと。その後、靴デザイナーになったこと。結婚はしなかったこと。彼女の――そしてリヒャルトの――娘を、ひとりで育てたこと。娘という言葉に、リヒャルトはとどめを刺される。ドロシーはリヒャルトを家へ連れて帰る。

その晩、ふたりはさらに語り合う。リヒャルトが一九一八年十一月に故郷へと旅立ったとき、ドロシー自身も、自分が妊娠していることを知らなかった。妊娠がわかった後も、わざと手紙には書かなかった。リヒャルトにプレッシャーをかけたくなかったし、故郷の家族のために、思う存分時間を使ってほしかったからだ。ドロシーの家族も、じゅうぶんに支えてくれた。家族から非難されたことは一度もない。子供は、祖母ふたり、つまりドロシーの母とリヒャルトの母の共通の名前を受け継いだ。メアリーだ。リヒャルトが一年たっても戻らなかったので、ドロシーは、やはり真実を告げようと決意した。メアリーを私生児にしたくなかった。何通も手紙を書き、写真を同封したが、返事は一度も来なかった。「どうして僕の後を追ってこなかった？」とリヒャルトが訊くと、ドロシーは答える。「プライドが邪魔したの。でも、後悔した。追っていけばよかった。でも、もし行ったら、なにか変わってた？」「僕を間違った選択から救ってくれたかもしれない」リヒャルトはそう答える。そして、彼の人生について語る。家族と妻アンナに対する義務感について。翌日、リヒャルトは娘のメアリー、メアリーの夫、そして幼い孫息子と初対面を果たす。リヒャルトはドロシーと多くの時間をともに過ごし、彼女の朗らかで前向きな気質が失われていないことに驚く。あるときドロシーは、こう言う。「私、あなたのことを怒ってはいないの。あったことはあったこと、それでいい。私の人生は満たされてるし、これまでもずっと満たされてた」ふたりは再び絆を深め、リヒャルトは滞在を延長する。このままミルウォーキーに留まることも考える。ドロシーは、リヒャルトとともに長いヨーロッパ旅行をすることを考える。リヒャルトの故郷に行ってみたいと思っていたのだ。ふたりはそれからも幸せに暮らす。

クサヴァー　死がふたりを分かつまで？

マティルダ　死がふたりを分かつまで。

クサヴァー　相変わらず、ハッピーエンドが好きなんだな。

マティルダ　あなたにもハッピーエンドを望んでる、クサヴァー。警察に行きなさい。デニーゼとちゃんと向き合って、本当のことを話しなさい。そして、過去の亡霊に苦しめられずに、新しい人生を始めて。

マティルダとクサヴァー

マティルダが三十六歳のとき、弟のシュテファンとオランダ人の妻ナタリーに、ふたり目の子供ができた。娘デジレーに続いて、息子のケヴィンが生まれたのだ。とある国際企業で機械技師として働くシュテファンは、二十五歳のころ、会社の要請でオランダへ転勤し、まもなくナタリーと知り合った。マティルダは、ナタリーのようなよく気のつく繊細な女性が、単純で口数の少ない弟に興味を持ったことに驚いた。そして、ふたりがとてもいい関係を築いたことに、さらに驚いた。弟に会う機会は、多くはなかった。弟がクリスマスに母のマルタを訪ねるときに、マティルダも弟に会うために帰郷したり、夏休みにオランダへ会いにいったりするくらいだった。だが、顔を合わせる時間は短くても、そのたびにマティルダは、弟が幸せなのを感じ取った。

シュテファンはマティルダを、生まれたばかりのケヴィンに会いにオランダへ来てはどうかと誘った。クサヴァーは夏風邪を引いたので、同行できなかった。

マティルダは弟一家とともに、シュテファンが家族のためにレーワルデンに買った小さな家の庭でコーヒーを飲み、ケーキを食べた。ナタリーの両親――ふたりともぽっちゃりして、ユーモアあふれる人たちだ――もいて、片言のドイツ語でマティルダとおしゃべりした。マティルダは、スウィングベンチに座って赤ん坊に授乳するナタリーの姿を見つめた。隣には幼いデジレーが座っている。ナタリーは軽やかな白い夏用のワンピースを着ていて、隣の娘もよく似たワンピース姿だった。母子三人はそれは美しく、まるで俗っぽい映画の一場面のようだった。傍には薔薇《ばら》が咲き、その周りを蝶《ちょう》が飛んでいて、娘はちょうどうれしそうにくつくつと笑いながら、デイジーの花をいじっている。赤ん坊は乳を飲みながら眠ってしまったようだ。シュテファンが立ち上がると、娘を挟んで妻の隣に腰を下ろす。そして夫婦は優しくキスを交わす。それを見てマティルダは悟った。これこそが幸せなのだと。幸せとは、こんなふうでなければならないと。同じ場面の登場人物になるためなら、どんなものでも差し出しただろう。クサヴァーの子供を膝に乗せて、クサヴァーの隣に座るためなら。この幸せの場面を目の前にして、マティルダの胸には棘《とげ》が刺さった。一本ではない。何本もの棘だ。棘はナイフのように鋭く、マティルダは椅子の背にしがみつかねばならなかった。でなければ倒れていただろう。

帰りの列車のなかでは、自分があまりに惨めに思えて、死ぬほど不幸だった。心のなかには嵐が吹き荒れていた。できれば、出発から到着までずっと泣き叫び、ほかの乗客たちに向かってわめき続けたいほどだった。「赤ちゃんが欲しい、赤ちゃんが欲しいったら欲しいの！」と。

ところが、ウィーンに到着して、プラットホームに花束を手にしたクサヴァーがいるのを見つけると、マティルダの心臓は跳ね上がった。クサヴァーに会えてどれほどうれしいか、クサヴァーのことをいまだにどれほど愛しているかを実感した。クサヴァーはマティルダを腕に抱き、マティルダはクサヴァーの匂いを胸に吸い込んだ。初めて、自分はクサヴァーを決して手放したりしないだろうという思いが、頭をかすめた――たとえそのために、子供を諦めねばならないとしても。クサヴァーのいない人生など想像できなかったし、想像したいとも思わなかった。

クサヴァー・ザントに対する事情聴取記録
二〇一二年三月九日

刑事課所属刑事ヨーゼフ・ツァンガール（以下J・Z）　では、そろそろ一九九八年五月二十七日の話に移りましょうか。この日なにがあったのか、正確に話してもらえますか？

クサヴァー・ザント（以下X・S）　妻は前日からイスタンブールへ旅行に出かけていました。三人の女友達と一緒の週末旅行です。ヤーコプは、僕とベビーシッターと一緒に留守番でした。あの日は暖かくて気持ちのいい日で、僕はヤーコプとふたりきりでした。家政婦もしばらくのあいだ家にいましたが、昼ごろに帰っていきました。リヴ――ベビーシッターの名前です――は、大学のゼミに出るために町へ行っていました。僕はずっと、庭でヤーコプと遊んでいました。砂場で砂山を次々に作って。ヤーコプはあの日、いつになくおとなしくて、手がかかりませんでした。それはいまでもはっきり憶えています。そのことでヤーコプに感謝さえしたくらいです。そのうちリヴが帰ってきて、三人で一緒に昼食を取りました。家政婦がラザニアを作っておいてくれたんです。昼食の後、ヤーコプはいつも、二、三時間昼寝をします。僕は書斎へ行って、小説の執筆に取りかかりました。暖かい日だったので、リヴはヤーコプをベビーカーに寝かせて、庭を散歩しました。ヤーコプはすぐに寝入ったので、リヴはベビーカーをリンゴの木の下に置いて、自分は芝生に毛布を敷いて座ると、勉強を始めました。それから……それからしばらくして、僕はリヴのところへ行きました。だいたい三時ごろです。僕たちはキスをして、リヴが眠っている子供の横でセックスはしたくないと言うので、ふたりで納屋へ行きました。実は、納屋といっても本物の納屋じゃなくて、トラクターやトレーラーや、いろいろな機械が置いてあるガレージのような場所です。

J・Z　どうしてよりによってそんな場所へ？

X・S　ドアを少し開けておけば、そこからベビーカーが見えるからです。家のなかに入ってしまったら、ベビーカーが見えません。

J・Z　ルンドストロームさんと納屋にいた時間は、どれくらいですか？

X・S　二十分か、二十五分くらいだと思います。正確にはわかりません。時計を見たわけじゃないので。

J・Z　その納屋、というかガレージにいたあいだ、ベビーカーは常に目の届くところにありましたか？

X・S　はい。納屋から見えるところに。ただ、僕らは――なんというか、まあ、ずっと見ていたわけじゃありません。

J・Z　あなた方のいた場所からベビーカーまでは、何メートルくらい離れていましたか？

X・S　だいたい二十メートルくらいです。

J・Z　要するに、あなたはルンドストロームさんと性交中だったために、ベビーカーから目を離したということですね？

X・S　そのとおりです。床には古い毛布が何枚かあって、リヴが自分の毛布をその上に広げて、そこで僕たちは――その、性交しました。その後、ベビーカーのほうを見ると、空っぽになっていました。

J・Z　じゃあ毛布は――たぶんお子さんには毛布をかけていたでしょうが――まだベビーカーのなかにあったんですか？　それとも、毛布もなくなっていた？

X・S　毛布はまだありました。

J・Z　それならどうして、お子さんがもうベビーカーのなかにいないことが、はっきり見えたんですか？

X・S　はっきり見えたんですよ！　毛布は芝生の上に落ちていて、ベビーカーは空でした。

J・Z　じゃあ、なにがあったんだと思いますか？

X・S　ヤーコプは目を覚まして、静かにベビーカーから降りて、どこかへ行ってしまったんだと思います。もしかしたら、僕たちのことを見て、混乱したのかもしれません。どうして物音が聞こえなかったのか、いまでもさっぱりわかりません。僕たちはすぐに起き上がって、外へ出てヤーコプを捜しました。どこかで遊んでいるんだと思ったんです。でも、十五分くらい捜しても見つからないので、僕らはパニックに陥りました。というか、正確には、リヴがあっという間にパニックに陥ったんです。それで、三十分後に僕が警察に電話して、息子が消えてしまったと言いました。警察はすぐに誘拐だと考えました。結局デニーゼに身代金の要求が行くことはなかったのに。

J・Z　先走らないで。順を追って話してください。警察に通報する前に、ルンドストロームさんとは話し合いましたか？

X・S　もちろんです。ふたりとも心配でどうにかなりそうでした。なにが起きたのか、さっぱりわからなくて。リヴはずっと叫んでいました。私が注意義務を怠ったからだ、刑務所に入れられる！　って。僕はリヴをなだめて、どうしても警察に電話しなきゃならないと説明しました。誰かが庭に忍び込んで、ヤーコプを誘拐した可能性もあるからって。リヴは、僕たちの関係について、本当のことは誰にも言わないでほしいと懇願しました。僕の妻にもですが、とりわけリヴのボーイフレンドや、両親や、友達や、そもそも世間に、既婚者と関係を持つ軽い女だと思われたくなかったんです。そう思われるのは、リヴにとって、尊厳を失うのと同じことでした。それでなくても、事態はもっと悪いことになると、リヴはあのときからもう予感していました。それで僕は、リヴが警察にどんな話をするか、本人と相談して練り上げました。僕は庭とは反対側に面した書斎で執筆していた、そしてリヴは納屋で恋人と少しの時間電話していた。そのあいだにヤーコプが消えてしまった。リヴはどうしても、この筋書きにこだわりました。若い女性が注意義務を怠った理由が、ホームシックにかかって、恋人が恋しくなって電話していたからか、子供が消えた瞬間にセックスしていたからか、このふたつのあいだには大きな違いがあると、すぐに悟ったからです。後者であれば、責任は僕たちがふたりで負うべきものになったはずなんですが、それでも。

J・Z　でもその筋書きは、あなたにとっても都合がよかったんじゃないですか？　奥さんや世間に浮気をしていたことがばれれば、非常にやっかいなことになったでしょうから。特に、浮気のせいで子供をちゃんと見ていなくて、よりによってその瞬間に誘拐されてしまったとなっては。違いますか？

X・S　今日まで、僕はヤーコプが誘拐されたと思ったことはありません。でもまずは、ご質問に答えましょう。もちろん、本当のことを言わないでくれとリヴにあんなに懇願されたのは、僕にとっても好都合でしたよ！　でも気分は最悪でした。あれは誰にも想像できないでしょうね！　できれば、世界中の人に本当のことを叫んでまわりたかった。あの罪の意識から逃れることさえできるなら。僕は世間では、苦しみに耐える可哀そうな父親ということになって、あれから何か月間も、僕の本までよく売れたんですよ。ひどい話だと思いませんか？　デニーゼが僕のことをどう思うかなんて、どうでもよかった。妻に浮気男だと思われようが、平気でした。妻が二番目の夫――暴力を振るうレーサーです――から逃げるために、ヤーコプを僕の子だと偽って、僕に押し付けたことを知ってから、結婚生活は破綻していましたから。でもリヴは、ほんの数秒でもふたりきりになる時間があると、そのたびに何度も何度も、最初の筋書きのままで押し通してほしいと懇願してきました。僕はリヴを守らなきゃならない、僕にはその義務がある――リヴはそう言いました。

J・Z　どうして今日まで誘拐だと思ったことがないんですか？　あなたご自身は、なにがあったと思っているんです？

X・S　事故だったと思っています。
J・Z　事故なら必ず死体が出ます。
X・S　バイオガス発電設備での事故なら、死体は出ません。バイオガス発電設備というのは、有機体を発酵させることでバイオガスを発生させる設備です。つまり、逆に言えば、バイオガスというのは、酸素を遮断して、メタン菌によって有機物を発酵させることで発生するんです。バイオガスの発酵槽に落ちたら、人は数秒で死にます。ガスによって。助かる道はありません。たぶんなにか感じる暇さえないでしょう。即死です。そして、死体はひとかけらも残らない。歯や骨さえ。子供の体だって、なにひとつ残らないでしょうね。僕は、ヤーコプはバイオガスの発酵槽に落ちたんだと思っています。
J・Z　そう思っているんですか？　それとも、そうだと知っている？
X・S　もちろん、そうだったと断言はできませんよ！　もしかしたら、どこかのぶっ飛んだ女が庭に忍び込んで、ヤーコプを連れ去ったのかもしれない。子供を亡くしたばかりだったとか、どうしても子供が欲しかったとか、そんなような理由でね！　もちろん、それが真実だったたっていう可能性だってありますよ。ということは、ヤーコプはまだどこかで生きているのかもしれない。もしそうだとすれば、僕たちに望めるのは、どうにか多少なりともまともに暮らしていてくれることだけです。はっきりしたことは、決してわかりませんよ！　でも僕は、そんなことがあったとは思いません‼　どうしてもそうは思えない！　ヤーコプは、バイオガスの発酵槽に落ちたんだと思います。僕が午前中に……僕が……水を一杯いただけますか？

J・Z　落ち着いてください。
X・S　ありがとう――あの日の午前中、僕はヤーコプと一緒に、バイオガス設備に行きました。農場を手伝ってくれていたブルーノが休みの日だったので、僕が発酵飼料の干し草をサイロに入れなきゃならなかったからです。
J・Z　バイオガス発電設備の外観を、もう少し正確に説明してもらえますか？
X・S　コンクリートの大きな桶みたいなものです。上部はコンクリートの蓋《ふた》でふさがれています。僕たちの農場では、設備は家畜小屋の裏にありました。このコンクリートの桶の側面には、いわゆる飼料投入口が設けられています。ステンレス鋼でできた竪穴《たてあな》です。直径四十センチくらいの管というか。この投入口は、桶の蓋と同じ高さにあります。そこから、一日に一度、飼料が投入されるんです。たとえば干し草とか、トウモロコシとかの発酵飼料です。このバイオガス発電設備に、ヤーコプは夢中でした。いつも僕と一緒に設備に行きたがりました。あの日の午前中も、僕はヤーコプを連れていきました。ヤーコプは興味津々で僕の作業をじっと見つめていて、実際、かなりおとなしかった。ところがそのとき、蜂に刺されて、火が付いたように泣きわめき始めました。ヤーコプは蜂にアレルギーがあったので、僕は急いで彼を連れて家に戻って、そのせいで投入口を塞ぐのを忘れたんです。
J・Z　なにで塞ぐんですか？
X・S　木の板と、重い砂袋で。その後、蓋のことなんてすっかり忘れていました。――僕は……僕は……

Ｊ・Ｚ　休憩しましょうか？

Ｘ・Ｓ　いえ。いい加減に全部話してしまいたい。――警察に電話をした後も、リヴと僕はヤーコプを捜し続けました。そのころには、ヤーコプが姿を消してから一時間くらいたっていました。そのとき、開きっぱなしの投入口を見つけたんです。体がかっと熱くなると同時に、冷たくなりました。気を失いそうになりました。どういうわけか、ヤーコプはここに落ちたんだと、即座に悟ったんです。

Ｊ・Ｚ　どうしてわかるんです？　覗いてみたんですか？

Ｘ・Ｓ　まさか！　覗くことなんてできませんよ！　メタン菌が有機物を分解中の密閉されたコンクリート桶のなかを、どうやって覗くっていうんです？　あれは……なんというか、勘のようなものでした！　ヤーコプはあのバイオガス設備が大好きだった。あそこまで歩いていって、覗いてみた可能性はじゅうぶんあります。それに、投入口が開いてたんですよ！　僕が閉じるのを忘れたんです！　僕の責任です！

Ｊ・Ｚ　それからどうなりました？

Ｘ・Ｓ　なんとか自分を落ち着かせて、それから……板と砂袋で投入口を塞ぎました。

Ｊ・Ｚ　警察には、投入口は一日中閉まっていたと話したんですか？

Ｘ・Ｓ　投入口のことなんて訊かれませんでした。だから、なんとも話していません。つまり、嘘の証言をする必要さえなかったんです。このことは、リヴにさえ話しませんでした。ずっと僕ひとりで抱えてきたんです。気が狂いそうでした。

クサヴァーが勾留中の拘置所からマティルダに宛てた手紙

親愛なるマティルダ！

三日前、ミュンヘンのシュターデルハイマー通りにある拘置所に移された。僕の独房はだいたい十二平米の広さで、ベッドと四角い机と椅子と小さな引き出しがあって、引き出しの上にはテレビが置かれている。たったひとつの窓は北向きで、（ドアから見て）右端にトイレと洗面台がある。

一昨日、弁護士が来た。彼は「過失致死罪」を主張すると言っている。これはもう時効なので、心配する必要はないそうだ。

リヴからはいまのところ、短いＥメールが来ただけだ。監視付きで読ませてもらえた。彼女の偽証罪は時効が成立していることと、どうしてあのとき僕が投入口のことを正直に話さず、これまで何年ものあいだ、ヤーコプの母親や警察をはじめ、みんなを欺いてきたのか、理解に苦しむってことが書いてあった。しめくくりには、すごく失望したとあった。

デニーゼは、僕に直接会いたいと言い張った。僕は最初は断っていたんだけど、最後には折れた。まあ、デニーゼの目をまともに見なきゃならないことなんて、実際どうでもよくなっていたから。頭の中では事前に、映画みたいなシーンを想像してたよ――デニーゼはハイヒールで面会室へつかつかと入ってきて、憎しみを込めた目つきで僕のことを上から下まで眺め、それから激しい平手打ちをくらわす。僕の頬には赤い手の跡がつく。デニーゼは頭をすっくと上げて、部屋を出て行く。でも、現実はもちろん、そんなふうじゃなかった。

デニーゼは黒い服を着ていて、ハイヒールも履いてなかった。簡素な黒い膝丈のワンピースは、大げさにも、メロドラマティックにも見えなかった。ただただ、その場にふさわしかった。デニーゼの黒いワンピースを見た瞬間、僕はヤーコプの死を本当に実感した。あの子はあのとき、本当に死んだんだ。五月のあの暖かい日に。そばかすのある、金髪の小さな男の子。ちょうど「ママ」と「パパ」と「とあくたー」と「うし」と「しょーぼーしゃ」が言えるようになったところだった。デニーゼが黒い服を着ているのを見た瞬間に、僕が十四年のあいだひとりで抱えてきたあの推測が、デニーゼにとっても事実になったんだとわかった。デニーゼはもう五十六歳だけど、いまだにすごく魅力的な女性だった。落ち着いていて、自制心があって。僕たちは、話らしい話はほとんどできなかった。ほんの二言、三言だけだ。ふたりとも、ほとんどずっと泣き通しだったから。僕たちは向かい合って座って、お互いの手を握って、泣いた。デニーゼはあまりに細くて、傷つきやすく見えた。彼女が言ったのは、ヤーコプがもう生きてはいないんじゃないかとよく感じることがあった、だから、痛みもなくあっという間に死んだんでありますように、想像できないような苦しみを味わっていませんようにと祈っていたっていう、それだけだった。それに、僕を憎むことがどうしてもできない、自分はキリスト者になったんだ、とも言ってた。それどころか、愛が冷めて恐怖しか感じなくなった人間から逃げるために、当時僕を利用したことを、謝ってさえくれた。デニーゼが帰った後、僕は何時間も自制心を取り戻すことができなかった。それくらい混乱していた。一晩中眠れず、デニーゼの真っ青な顔と、大きな緑色の目を、ずっと思い出していた。それに、デニーゼの小さくて薄い手を。年齢のにじみ出た手だった。その手でデニーゼは、僕の手を握って、撫でてくれた。

愛するマティルダ、でも実を言うと、僕がこの手紙で君に書きたかったのは、まったく別の話だ。僕と君との話。以前メールで火の話をしたこと、憶えている？〈シューロート〉にあった本と、カーテンやなんかの布を全部燃やした火のことだ。

あの焚火をした後、僕は改装業者を呼んで、彼らと一緒に家の全面改築計画を作った。工事はすぐに始まった。その数日後、十月十四日のことだ。日にちはいまでもよく憶えている。これまで僕のことをぽーんと遠くへ放り出そうとしているように思えたあの家が――もしかしたら、僕が一生のあいだあの家を嫌っていたことへの復讐だったのかもしれないな――、僕にふたつの贈り物をくれたんだ。それも、一時間のうちに。改装工事の作業員たちが、かつての靴工房の壁をぶち抜いているときに、壁のなかに埋め込まれた金属の箱を見つけて、僕のところへ持ってきてくれた。そのほんの数分前に、僕は客間を片付けていて、ベッド脇の引き出しのなかに、一枚の紙を見つけたところだった。君と僕が初めてふたりで〈シューロート〉を訪ねたときに、君がなにか書きつけた紙だった。引き出しと後ろの板のあいだに挟まっていたんで、それまで発見されずにいたんだ。僕がその紙を読み始めたまさにその瞬間に、部屋に若い作業員が現れて、埃だらけの金属の箱を差し出しながら、「壁のなかにあったよ」って言ったわけだ。僕は箱を受け取った。こうして、右手には君のきれいな整った文字がいっぱいに書かれた紙、左手には埃の積もった汚い金属箱、という恰好で立ち尽くした。いったん紙を置いて、箱のほうを開けようとした。でもなかなか開かなかったので、結局力任せに叩き壊した。目の前の開いた箱のなかには、たくさんの古い手紙が入っていた。全部、ドロシー・オフラハーティーという人からの――開封済みの――手紙だった。ミルウォーキーのバーナム・パークに住んでいるその人が、僕の祖父に宛てて、一九一八年の十二月から一九二四年の秋にかけて書いた手紙だった。

僕は、君がなにかを書きつけた紙を畳んで、箱に入れると、その箱を持って庭に出て、粗大ごみに出すためにほかのいろいろな古い家具と一緒に置いてあった祖父の揺り椅子に腰かけた。庭じゅう、僕が囲まれて育った母や祖父母の家具でいっぱいだった。

暖かい十月の陽光のもとで、僕は若いドロシーが祖父のリヒャルト・ザントに宛てた手紙を読んだ。手紙はどれも、「最愛の《マイ・ディアレスト》リヒャルト！」で始まっていた。君の書いたものは、一番最後まで取っておいた。

ドロシーからの手紙には、写真が同封されているものもあった。左右対称の顔を持つ素晴らしく美しい女性の写真だ。真ん中で分けた、腰まで届く豊かな黒髪。官能的な唇。誇り高いアーモンド形の黒い瞳。彼女ひとりで写っている写真が多かったけど、家族と一緒の写真も一枚あった。父親が椅子に座っていて、ドロシーと、ひょうきんでお茶目そうな目をした三人の妹が、父の後ろに立っている。別の写真では、ドロシーは若いころの祖父と一緒に、ミシガン湖のほとりにいた。祖父は腕をドロシーの肩に回して、ちょうど彼女を引き寄せるところだ。ふたりの顔はとても近い。きっと、撮影者のほうを向く直前、祖父は彼女にキスをしていたんだろう。ふたりとも輝くような笑顔で、問答無用の激しい恋をしていて幸せなのが、ありありとわかった。この写真の裏側に、ドロシーは（もちろん英語で）こう書いていた。「一緒に過ごした素晴らしい時間をあなたが忘れないように、この写真を送ります——たとえ未来が、私の思い描くものとは少し違うとしても」

ドロシーは、毎日の生活のことを書き綴っていた。父親の靴店でその週になにがあったか、週末に家族や友達となにをしたか。ドロシーの文章にはユーモアが溢れていて、読みながらしょっちゅう笑わせてもらったよ。手紙の結びには毎回、あなたのことを愛している、あなたがいなくて寂しい、あなたが戻ってくるのが待ちきれない、と書いてあった。その文章を読んだときには、涙をこらえられなかった。「あなたをもう一度抱きしめて、大好きな顔を見られる瞬間が待ちきれません。その瞬間が訪れることを、全身全霊で祈っています」でも、この結びの言葉には、哀願の響きも要求の響きもないんだ。待ちくたびれたとは一度も書いていないし、いつ戻ってくるのかと尋ねることもない。ただただ、素晴らしく詩的で愛に溢れた文章だった。

僕の知っている祖父は、とても寡黙で気難しい人間だった。何時間も近所を歩き回ったり、家のなかの物を修理や改修してばかりだった。一度に一文以上話したり、冗談を言ったり、笑ったりしているところなんて、見た記憶がない。僕の目には、祖父は不幸で孤独な人間に映っていた。祖父は一九六九年十二月、肺炎で死んだ。僕が十一歳のときだ。ドロシー・オフラハーティーなんていう人の話は聞いたことがなかった。母もきっと聞いたことがなかったんだろう。知っていたなら、僕に話してくれたはずだから。なにしろ母は、ありとあらゆる家族の古い逸話を話すのが大好きだったからね。祖母が、夫の若かりしころの恋人のことを知っていたかどうかはわからない。僕の知っている祖母は、とても信心深くて、勤勉で、優しい女性だった。僕のことを愛情たっぷりにかわいがってくれたし、村のいろいろな古い話を聞かせてくれた。でも、祖母自身の人生の話は、一度も聞いたことがない。

要するに、祖父が当時、ドロシーからの手紙をすべて受け取っていたのか、それとも、祖父にどうしても故郷に留まっていてほしかった家族の誰かが、手紙が祖父の手に渡る前に隠したのか、僕は知らないし、これからも知ることはないだろう。でも、もし家族の誰かなら、手紙をあんな金属の箱にまとめて、最後に壁に埋め込んだりするより、燃やしてしまう可能性のほうが高いんじゃないだろうか。それとも、僕は間違っているだろうか？　いったい誰にわかるだろう？　僕たちが真相を知ることは、決してないんだ。やっぱり、祖父が自分で、新しい家の壁に埋め込んだんだろうか？　いずれにせよ、僕の祖父は、ドロシーの手紙を読んでいたにしろ、いなかったにしろ、故郷に留まることを選んだ。ザント家の大黒柱であることを、靴工房を受け継いで、隣村のアンナと結婚することを選んだ。なにが正しい決断かを知るのは、どれほど難しかっただろうと、僕は想像した。そして、祖父が自分で下した決断を後悔したことがあるかどうかに、強烈な興味を持った。こうして、『行かないで』という小説のアイディアが生まれたというわけだ。十一月に書き始めたんだけど、最初から本当に楽しかったよ。

君の書いたものは、最後に読んだ。これもやっぱり、一種の手紙だった。最初に「愛するクサヴァー！」と書いてあったけど、僕に手渡したり、送ったりするつもりは、まったくなかったんじゃないだろうか。それに、君があの手紙を〈シュートロート〉に置いていったのは、わざとじゃなかったとも思う。逆に、僕か母があれを見つけて読んでいたら、きっと君は恥ずかしくて気まずい思いをしたんじゃないかな。きっと、手紙は引き出しの後ろに嵌《は》まりこんでしまって、行方不明になったんだ。それだけのことなんだろう。君はあのとき、僕の生まれ育った家を初めて見て、感激のあまり、思わず未来の夢と希望を書き綴ったんだろうね。憶えている？　この手紙に同封するよ。君にももう一度読んでほしい。

君のこの手紙には溢れんばかりの愛があって、読むと胸が痛んだ——なにもかも、君が夢見ていたのとは、まったく違うことになってしまった！　全身に、刺すような痛みを感じた。そして悟ったんだ（もうずっと前からわかっていたことだったけど、あの瞬間ほど鮮明に悟ったことはなかった。いつもぼんやりした感覚でしかなかったから）。十六年前、僕が下した決断は、間違っていたことを。僕が君を捨てていなければ、幼いヤーコプをめぐる悲劇は起きることがなかった。でもそれだけが理由じゃない。君と一緒にいたときほどの幸せを、僕はあの後、二度と感じることがなかったからだ。君のことを愛したほど誰かを愛することも、君から愛されたほど誰かから愛されることも、二度となかったからだ。どれほど時間を巻き戻したいと思ったことか！そして、あの一九九六年の五月十六日、僕は君が帰ってきたら、玄関のドアを開けて、レタスとネギとパンでぱんぱんに膨れた買い物袋を受け取って、君と一緒に料理をして、夕食を食べるんだ。バルコニーで、間近に迫った結婚式のことを話し合って、不動産広告をチェックする。もっと大きなアパートか、一軒家かを買うつもりだから。

僕は何日も、夢遊病者みたいにあちこち歩き回った。落ち込んでいたけど、同時にじっとしていられない気分だった。気分が悪くて、眠ることも食べることもできなかった。読んだ手紙のすべてが頭から離れなかった。特に、君のことが頭から離れなかった。君は僕の心の中にすっかり住み着いてしまった。君のことは、これまでにもしょっちゅう考えてきたけど、〈シュートロート〉でのあの時期ほど、激しく君を想ったことはなかった。ふたりのアパートから、そして君の人生から、こっそりと卑怯に逃げ出したことを後悔して、気が狂いそうだった。

そのうち、どうしても君にもう一度会いたいと思い詰めるようになった。君がどうしているのか、なんとしても知りたかった。インターネットで君の住所を突き止めるのに、それほど時間はかからなかった。君がインスブルックに住んでいることを知って、とても不思議だった。僕は荷物をまとめて、ホテルの部屋を予約すると、出発した。十月二十三日のことだ。インスブルックでは二日間過ごした。ゴルフの車内から双眼鏡で君を観察することに、多くの時間を費やした。君が家を出てくるところ、勤務先の学校へ入っていくところ、友達と散歩をしているところ。でも、君に声をかけたり、君の家の呼び鈴を鳴らしたりする勇気はなかった。自分が臆病者だってことは、よくわかってるよ！　でも、僕がどれほど自分を恥じていたか、君にはとても想像がつかないだろう。そういうわけで、僕は君の家の周りをうろつき、車で学校まで君をつけていって、そこもうろついた（僕の物語の結末として君が語った、リヒャルト老人の行動とまったく同じだ)。でも、君とまた話をし、一緒に時間を過ごすにはどうしたらいいのか、さっぱりわからなかった。君の目の前に立って、君を腕に抱きたくてたまらなかった。昔みたいに、君とワインを飲んだり、一緒に料理をしたりしたかった。君に物語を語って聞かせ、君の物語を聞きたかった。君と話し、君と笑いたかった。でも、君に話しかける勇気がなかった。どう話したらいいっていうんだ？ 偶然、君の家だか学校だかの近くにバカンスに来ているとか？ 再会したって、気まずくていたたまれない雰囲気になるだけだったろう。そんなことは望んでいなかった。だから僕は、小さな子供みたいに、きびすを返して、家へ帰った。

家へ戻ると、出版社からメールが転送されてきていた。ティロル州の教育省文化サーヴィス局の担当者からで、ティロルのギムナジウムで一週間の創作ワークショップをやることに興味はないかという問い合わせだった。ワークショップ開催予定の学校の一覧もあった。君が勤めている女子ギムナジウムをそのリストに見つけたときは、運命がウィンクしていると思ったよ。これで、僕たちの再会は——公式に——偶然ってことになる。それでいいと思った。僕はメールをくれた担当者に電話をして、もしこの女子ギムナジウムに行かせてくれるなら引き受けると伝えた。すると女性は、電話口で即座に、問題ないと答えた。なんのコメントもなく、そこまであっさり承諾されると、なんだか変な気がしたけど、あえて問いただしたりはしなかった。

もうすぐ君に会って、まるまる一週間一緒に過ごせるという思いが僕を支え、冬を乗り越える助けになってくれた。小説を書き、作業員たちを監督し、ときどきベルンハルトとビールを飲みにいった。

君と過ごした一週間は、楽しかったよ。君のそばにいられて、楽しかった。心地よくて、安心できて、幸せだった。それに、警察へ行けと説得してくれたことに、感謝もしている。本当に心が軽くなった。嘘を抱えて生きてきた長い年月が、ついに、ついに終わったんだ！（とはいえ、罪の意識は残りの一生ずっと抱えていくことになるだろう。）全部君のおかげだよ！　これまでも、すべてにけりをつけるために、何度出頭しようと思ったかしれない。でもずっと勇気がなかった。僕に力をくれたのは君だ。

僕はようやく新しい人生を始めることができる。だから君に訊きたい。僕の人生の一部になってくれないだろうか。これからもっと頻繁に君に会って、もっとたくさんの時間を一緒に過ごせたら、とても嬉しい。僕にとっては、とても大きな意味のあることなんだ。マティルダ、君を愛している。

君のクサヴァーより

マティルダがクサヴァーに宛てた手紙
一九八〇年九月二十一日

愛するクサヴァー！

いま、あなたが子供のころに登った大きなギンドロの木の下に座っています。九歳のときに、この木に「ガブリエル」という名前をつけたそうですね。あなたの物語で大きな役割を果たした、大天使ガブリエルにちなんで。ガブリエルの銀色がかった葉に、風がやさしくそよいで、かすかな音楽を奏でています。ここはすべてが青々として、穏やかです。家は小高い丘の上にあって、眼下に広がるのは牧草地と森ばかり。遠くには、小さく教会の尖塔《せんとう》が見えます。俗物的とさえ言えそうなくらい、あまりにも牧歌的なところですね。

何年かしたら（もしかしたら十年とか？）、私たちの息子が、このガブリエルに登ることでしょう。ときには木から落ちて、慰めてもらおうと、泣きながらあなたのところか、私のところか、おばあちゃんのところへ走ってくることもあるかもしれません。息子の名前はユリウスかユリアンで、明らかに私に似ています。下の女の子は、カロリーナかエレオノーレという名前で、完全にパパ似です。あなたと同じように頬にえくぼがあって、あなたの濃い褐色の巻き毛と緑の瞳を受け継いでいます。兄妹のうちでは、妹のほうが活発です。逆にユリウスまたはユリアンは、思慮深くて生真面目なタイプです。将来は、父親と同じように作家になりたいと思っています。娘のほうは、おばあちゃんに吹き込まれて、大きな靴店を開くつもりでいます。店に置く靴は、自分でデザインするのだそうです。幼いカロリーナまたはエレオノーレは、毎晩のように、おばあちゃんの赤いエナメルのハイヒールを履いて、私たちの前をよろよろと行ったり来たりします。私たちはそれを見て、床に崩れ落ちるほど笑い転げます。私たちはテラスに座って、談笑しながら夕食を食べます。あなたはいまでは有名な作家で、本もよく売れています。私は近くの町で、一日に数時間だけ、国語教師として働いています。あなたのお母さんが、家事と育児を手伝ってくれます。私たちはみんな仲良しです。

　あなたはしょっちゅう夜中まで執筆するので、私はベッドで本を読んで待ちます。待ちくたびれると、書斎へ行って、あなたの膝に馬乗りになって、キスをします。あなたの顔を、幾千もの小さなキスで埋め尽くしつつ、最後にあなたの口にたどりつくのです。あなたのキスは温かくて、ミルクライスの味がします。私があなたのセーターを脱がせるあいだ、あなたはワープロのスイッチを切ろうとします。私は指先で、金褐色に輝く柔らかなあなたの肌をなぞります。肩から腋を経て、乳首へ、そしてさらにおへそまで。あなたは椅子を蹴って、私もろとも立ち上がります。なにしろ私は、両脚をあなたの背中に絡みつけてしまっているので。あなたは私をぶら下げたまま、部屋のなかを行ったり来たりして、そのあいだ、私たちは何度も何度もキスをします。それからあなたは、私をお祖父さんのペルシア絨毯の上に寝かせ、私たちは愛し合います。

　次の日、私たちは五人そろってテラスで朝ご飯を食べます。和やかな一家団欒《いっかだんらん》。きっとそうなります。私たちの未来が、楽しみでなりません。
マティルダ

マティルダが病院からクサヴァーに宛てた手紙

愛するクサヴァー！

この手紙は、友人のシルヴィアに頼んで、口述筆記してもらっています。自分で書くには体が弱りすぎているので。それに、話すのもつらいので、ほんの短い手紙になるでしょう。

十月十四日、そう、あなたがドロシーの手紙の入った金属の箱と、私の書いた手紙とを見つけた日――冗談じゃなくて、本当の話なんです‼――、私は病院で、乳癌《にゅうがん》で余命が長くないという診断を受けました。（そう、あなたが考え出した私の物語の結末と、まったく同じ話なんです！）奇妙に思われるかもしれませんが、最初に浮かんだ思いは、「それが運命ならそれでいい！」というものでした。そして、次に浮かんだ思いは、「もう一度クサヴァーに会いたい」だったんです。

その数日前に、州の教育省で働いている知人のアニタから、「生徒と作家の出会い」という企画が進行しており、そのために、いまオーストリアの作家たちを選んで連絡を取っているという話を聞いたところでした。診断を受け取った後、私はアニタに頼んで、あなたにも企画に参加する意思があるかどうか、問い合わせてもらいました。あなたから承諾の返事が来たと聞くと、私はアニタに直接会って、あなたを私の学校へ派遣してほしいと頼み込みました。（これも私の物語の結末にあなたが考え出したエピソードでしたね。もしかして、なんとなく気づいていたとか？）いま、あなたの手紙を読んでようやく、あのときのアニタのいたずらっぽい微笑みと、「へえ、昔の恋とか？」という問いの意味がわかりました。アニタはそれ以上なにも言わなかったので、あなたが私より前に、同じことをアニタに頼んでいたとは知りませんでした。つまり私たちはふたりとも、どうしてももう一度会いたいと思っていて、しかも、相手にはそれを偶然だと思っていてほしかったということですね！　あなたの手紙のこの件《くだり》を読んだときには、笑ってしまいました。

私の病気のことは、あなたには話しませんでした。もう長くは生きられないこと、だからあなたにもう一度会いたかったことを知られたら、きっと私のほうが気まずい思いをしたでしょうから。きっとあなただって、そんなことを知ったら、いたたまれなかったでしょう。私とどう向き合っていいのか、わからなくなったかもしれません。そんなことになるのは、絶対に嫌でした。

私のほうも、どうにかなりそうなほど再会を楽しみにしていました。私のほうも、もう一度あなたの目の前に立って、あなたを抱きしめたかった。あなたとワインを飲んで、昔みたいに一緒に料理をしたかった。あなたの物語を聞いて、あなたに物語を語りたかった。あなたと話し、あなたと笑いたかった。私にとっても、ふたりで過ごした時間はとても楽しかった。ただひとつ違ったのは、私のほうは、あれが最後だと知っていたことです。

過去の亡霊に苦しめられることのない、あなたの新しい人生に、多くの幸せが訪れることを祈っています。クサヴァー、ずっとあなたを愛していました。
あなたのマティルダ

エピローグ

送信日：2012年6月25日
差出人：ティロル州文化サーヴィス局

親愛なる国語教師の皆さまへ

「生徒と作家の出会い」プロジェクトにご参加、ご協力くださった国語教師の皆さま方に、文化サーヴィス局より心からの感謝を申し上げます！　作家の皆さんからのフィードバックは非常に肯定的なもので、来年再びこの企画を開催してほしいという要望がすでに届いているほどです。ワークショップに参加した生徒たちの作品は、文化サーヴィス局に集められ、現在、（企画に参加した作家から成る）五人の審査員が、優秀作品を選んでいるところです。選ばれた作品は一冊の本にまとめられ、今秋に公表される予定です。具体的な日時につきましては、追ってご連絡いたします。

それでは、先生方がよい夏休みを過ごされ、九月には意欲的な新学期を迎えられますことをお祈り申し上げます。
どうもありがとうございました。
アニタ・タンツァー

ティロル州文化サーヴィス局から出版された『これが僕たち私たち！』からの抜粋

私たちの国語の先生

私たちの国語の先生は、マティルダ・カミンスキ先生でした。カミンスキ先生は五年間、私たちのクラスで国語を教えていました。それに、クラスの担任の先生でもありました。カミンスキ先生はいい先生で、いつも私たちの意見や悩みに耳を傾けてくれました。授業は毎回違っていて、退屈したことがありません。授業ではたくさんの本を読んで、たくさん議論しました。それに、劇を見に行ったり、ロールプレイングゲームをしたりしました。低学年のころ、正しい綴り方や文法を習っていたときには、先生は手間のかかる準備をたくさんして、自主学習をさせてくれました。私たち生徒が、自主学習をしたがったからです。それに、カミンスキ先生は、毎年、詩のワークショップを開いて、私たちが創った詩を印刷して冊子を作り、生徒全員に一冊ずつ配ってくれました。先生は、私たち生徒のために、たくさんのことをしてくれました。一緒に本を読んでいて、どこか特別いいと思う箇所があると、先生は感動して、こう叫びます。「みんな、舌の上でよおく転がしてみて！　味わい深いじゃない？」いまでも、本を読んでいていいなと思う箇所があると、カミンスキ先生の「味わい深いじゃない？」という言葉を思い出します。いつもお洒落な服を着ていて、お化粧は控えめで、そんなところを、私たち生徒はみんな、とても素敵だと思っていました。本当に十歳は若く見えました。先生はいつも朗らかで、その明るくてポジティヴな雰囲気は、私たちにまで伝染しました。どんなことも、先生に相談した後では、それほど辛くも難しくも感じられなくなりました。

去年の冬、私たちはカミンスキ先生の具合がよくないことを知りました。先生はどんどんやせていって、ときどき学校を休むこともありました。それまでは病欠したことなんてほとんどなかったので、私たちはみんな不思議に思いました。そこで先生に訊いてみると、先生は、健康上の問題があると答えました。でもそれ以上は話してくれませんでした。先生ががんで、もう長く生きられないことを、私たちはまったく知りませんでした。

三月の初めに、学校に有名な青少年文学作家が来て、創作ワークショップが開かれました。高学年の生徒三十人が参加しました。私たちのクラスから申し込んだのは、私を含めて五人でした。作家の名前はクサヴァー・ザントです。ザントさんの『天使の翼』『天使の子』『天使の血』を、私は読んだことがありました。三年生のときに、カミンスキ先生が話してくれたからです。その後、町立図書館で借りて読みました。とても面白い話でした。

クサヴァー・ザントさんは、カミンスキ先生と同じ五十四歳でした。ふたりのあいだにはなにかあった、いや、いまでもあるのかもしれないと、私には最初からピンときました。ふたりのあいだには、ピピピッと電流が流れているみたいでした。ふたりがお互いを見る目や、話をしているときのようすが、なんとなく惹かれ合っているみたいだったのです。それに、ふたりが少し似ていることにも気がつきました。母が前に、長いあいだ一緒に暮らしている人どうしは、顔がどんどん似てくると言っていました。おまけに、ふたりは話し方までまったく同じだったのです！隣のクラスのスザンナが自分で創った短編小説を朗読しているとき、ある箇所で、ザントさんは突然、大声でこう言いました。「うわあ、なんて味わい深いんだ！」私たちはみんなびくっとして、カミンスキ先生のほうを見ました。でも先生は、私たちの視線に気づきませんでした。ザントさんのほうをじっと見つめていたからです。その顔には、なんともいえない微笑みが浮かんでいました。

ふたりがどんな関係なのか、誰もはっきりとは知りませんでした。私たちはどんどん好奇心を募らせていきました。カミンスキ先生に、ザントさんとはこのワークショップで知り合ったのか、それともずっと前から知り合いなのかと質問しました。先生は率直に、昔、ウィーンで長いあいだ付き合いがあったと話してくれました。それを聞いて、もちろん私たち生徒はいろいろなうわさをしました。そして、ふたりの関係をあれこれと想像しました。

創作ワークショップはとても面白くて、ためになりました。最後には、カミンスキ先生が朗読会を企画して、保護者も招待されました。生徒たちは、自分で創作したテキストを朗読して、カミンスキ先生とザントさんが司会をしました。ふたりの司会やコメントはとても面白かったです。

五月五日、カミンスキ先生は病院で亡くなりました。お葬式は五月十八日でした。先生が授業を受け持っていたクラスの全員が参列しました。それに、学校の先生全員と、校長先生も参列しました。教会は人であふれそうでした！　ミサはとても感動的で、みんな泣いていました。私も含めたたくさんの生徒たちが、弔辞を読みました。先生の受け持ちクラスである私たち五年A組は、カミンスキ先生の大好きだった歌を歌いました。あまりお葬式のミサにふさわしい歌ではなかったかもしれませんが。

墓地に出たとき、急にひとりの警察官と、その隣にいる作家のザントさんの姿が目に入りました。ザントさんはうんと後ろの離れたところにいて、ちょうど神父さんが祝福を与えている棺を、じっと見つめていました。果てしなく悲しそうでした。私たち生徒は、すぐにひそひそ話を始め、みんながザントさんのほうを振り返りました。みんな、後ろのほうに立っているザントさんを見て、とても興奮していました！　私たちにとっては、すべてが謎めいていて、魅力的でした。ワークショップが終わってから何週間も、ザントさんの名前を新聞で読んだり、テレビで見たりしていたからです。ザントさんは、自分から警察へ行って、昔、息子が誘拐されたときに真実を語っていなかったと話したそうです。その後、突然ミュンヘンの検察から殺人罪で起訴されましたが、証拠不十分で起訴は取り下げられました。クラスでのうわさ話は、もちろん尽きることがありませんでした。カミンスキ先生がザントさんを説得して、ついに警察へ行かせたんだというううわさもありました。

ワークショップは、カミンスキ先生の体力をかなり奪ったのではないでしょうか。終わった後すぐに、先生は入院しました。私たちは最初のうち、交代でお見舞いに行っていたのですが、そのうち、お医者さんと看護師さんに、もう来ないようにと言われました。終わりのときが近づいているということでした。そして先生は、今の姿を私たちに見られたくなかったのです。私たちには別の姿を憶えていていてほしい、死んでいく女性ではなく、国語教師として記憶していていてほしい、ということでした。

先生が亡くなった後に、もうひとつわかった話があります。先生はザントさんの腕の中で亡くなったのです。ザントさんに看護師さんから電話があって、拘置所から外出する許可が出ました。なんとか間に合うように病院に着いて、先生とザントさんはふたりきりになれたのです。

これは私にとっては物語ではなく、本当の話です。

五年A組

ヴァレンティナ　十五歳

訳者あとがき

国語教師マティルダの勤め先であるギムナジウムで開催される創作ワークショップに、いまは有名作家となった元恋人クサヴァーが、ゲスト講師として派遣されることになる。マティルダとクサヴァーは、ウィーン大学時代から十六年間付き合い、ともに暮らした仲だった。別離からもすでに十六年、ふたりとも五十四歳になっている。

打ち合わせのメールをやりとりする過程で、ふたりの温度差が明らかになっていく。十六年ぶりの再会を楽しみにし、思い出話を書き送るクサヴァーに対し、マティルダのほうは、ふたりの別れを蒸し返す。クサヴァーは、十六年前のある日、マティルダの仕事中に黙ってアパートから自分の荷物を運び出し、セレブ女性と結婚したのだ。捨てられたマティルダは、その後ウィーンを引き払い、伯母が遺してくれたインスブルックの家に引っ越して、熱心な国語教師として働いてきた。

一方のクサヴァーは、マティルダとの別れはもう昔のことだと主張して取り合わない。マティルダのもとを去った後に結婚した妻とも、すでに十年前に別れている。そして、自分も過去十四年間、地獄を見てきたと言う。妻との結婚後に生まれた息子ヤーコプが一歳半のときに姿を消し、現在まで消息不明のままなのだ。

ワークショップ前日、元恋人ふたりは、インスブルックのマティルダの自宅で十六年ぶりに再会する。そして、ともに暮らしていたころのように、互いに自作の物語を語って聞かせる。クサヴァーが語るのは、執筆中の小説のあらすじだ。自身の祖父を主人公にした、「選択」がテーマの物語。一方のマティルダが語るのは、芸術家気質の「彼」と語り手「私」とのエキセントリックな物語。

ふたりは物語を通して、互いの過去と現在とを新たに紡ぎなおしていく。人生が物語を生むのか、それとも物語が人生を創り出すのか。そして、物語には、どこまで真実を語る力があるのか

——

本書『国語教師』は、二〇一四年に、ドイツ語圏における権威あるミステリ賞であるフリードリヒ・グラウザー賞を受賞した小説だ。とはいえ、謎解きが主眼の正統派ミステリとは少々違う。確かに、作家の息子になにがあったのか、という謎をめぐる物語であることは間違いないのだが、おそらく読者は、読み進むにつれて、愛と裏切り、選択と後悔、生と死を描いた本書の精巧な人間ドラマとしての側面にも、引き込まれていくことだろう。「愛、裏切り、死。この三つの大きなテーマを、ユーディト・タシュラーは名人芸の域にあるドイツ語で、いわば小さな室内劇に収めてみせる」と、グラウザー賞の審査員評もまた、受賞理由としてこの小説のドラマ性を強調し

ている。

作品は、「マティルダとクサヴァーがワークショップ前に交わすメール」「過去」「再会時の会話」「マティルダとクサヴァーが互いに語って聞かせる物語」という四つの場面から成り立っている。各々の場面が、それぞれ十ページ前後で次々に入れ替わる構成だ。続きが気になるところで別の場面に切り替わり、じらされるのだが、切り替わった場面にもすぐに引き込まれ……の繰り返しで、ページをめくる手がとまらない。

マティルダとクサヴァーの生い立ち、出会い、ともに暮らした歳月という過去の話と、十六年ぶりに再会したふたりの現在の話が交互に挿入され、次第に一本の糸に撚り合わされていく構成といい、「家族」というモティーフといい、ミステリ要素を持った人間ドラマである点といい、本書はどこか、『秘密』をはじめとするケイト・モートンの小説を彷彿とさせる。だが、『秘密』とは違う本書の最大の特徴は、小説の一部が「物語」という形で進行することだ。マティルダとクサヴァーが互いに語って聞かせる物語をはじめ、ふたりの出会いのきっかけになったシュニッツラーの『輪舞』、クサヴァーを一躍人気作家に押し上げた『天使三部作』……本書『国語教師』というひとつの「物語」のなかで、さまざまな「物語」が大きな役割を果たしている。

特に、本書の後半でクサヴァーとマティルダがともに紡ぐ「国語教師」の物語は圧巻だ。小説そのものと同じタイトルを持つこの物語のなかで、過去と現在に対するふたりの見方が互いにどれほど異なっているかが浮き彫りになる。そして、過去になにが起きたのかと同時に、ふたりの関係性、それぞれの意図、相手に対する思い、さらには思い込みが、パズルのピースがはまるように、読者の目の前に鮮やかに立ち現れてくる。

ユーディト・W・タシュラーは、一九七〇年、オーストリアのオーバーエスターライヒ地方に生まれた。クサヴァーの故郷に設定されているミュールフィアテルにある大きな家で、六人の兄弟姉妹とたくさんの動物に囲まれて育った。

秘書、託児所の職員、自動車販売員など、さまざまな仕事についた後、インスブルック大学でドイツ語圏文学と歴史を専攻。卒業後は本書のマティルダ同様、国語教師として働いた。

二〇一一年、小説『Sommer wie Winter（夏も冬も）』でデビューを飾る。ある自動車事故をきっかけに、母親と四人の実子、ひとりの里子から成る六人家族が、心理セラピストに、自身のこと、家族のこと、過去の恐ろしい出来事のことを、個別に語るという体裁の小説だ。里子の生い立ちをめぐる謎を中心に、六人それぞれの異なる視点から、一見牧歌的な田園生活の闇と、ひとつの家族のドラマを描き出したこの作品が大成功をおさめ、二〇一二年、著者は専業作家となった。

そして二〇一三年、本書『国語教師』が刊行された。本書はデビュー作をしのぐベストセラーとなり、さらに前述のとおり、二〇一四年のグラウザー賞を受賞して、ユーディト・タシュラーの名前を広く知らしめることになった。

現在、夫と三人の子供たちとともに、本書のマティルダと同様インスブルックに暮らす著者は、その後も短編集『Apanies Perlen（アパニーの真珠）』（二〇一四年）、長編小説『Roman ohne U

（Uのない小説）』（二〇一四年）、『Bleiben（留まる）』（二〇一六年）、『David（ダーヴィト）』（二〇一七年）と、次々に作品を発表。なんらかの謎をめぐって、愛、家族、友情、生と死、といった普遍的テーマを描き出す小説に定評があり、人気作家としての地位を不動のものにしている。

二〇一九年四月には、最新長編『Das Geburtstagsfest（誕生日パーティー）』が刊行される予定だ。日本の読者が『国語教師』をお読みになるころには、すでにドイツ語圏の書店に並んでいることだろう。

「終わったと思われてから十六年後に、物語の力で新たに始まる愛の話」——本書はこう評された。国語教師と作家にとって、「物語」はさまざまな意味でふたりを結びつける絆であり、単なるフィクションを超えた人生の本質でさえあった。さらに、ふたりにとって「物語」とは、映像ではなく「言葉」によって紡がれるものだった。主人公ふたりの言葉と物語への愛情は、著者ユーディト・タシュラーのそれにほかならない。『国語教師』という小説は、物語の可能性への、もっと言えば小説の可能性への、著者の信念の表明でもあるのだろうと思う。

翻訳に際しては、いつものように、多くの方のお力をお借りした。特に、本書の出版を快諾してくださり、翻訳段階から校了まで、さまざまな相談に乗り、がっちりサポートしてくださった集英社の佐藤香さん、直接やりとりすることはなかったとはいえ、細かで骨の折れる仕事をプロフェッショナルに遂行してくださった校正の方に、深く感謝している。また、翻訳中、私のさまざまな質問に快く答えてくださった著者のユーディト・タシュラーさんにも、厚くお礼を申し上げたい。

浅井晶子

二〇一九年二月

ユーディト・W・タシュラー　Judith W. Taschler

1970年、オーストリアのリンツに生まれ、同ミュールフィアテルで育つ。外国での滞在やいくつかの職を経て大学に進学、ドイツ語圏文学と歴史を専攻する。家族とともにインスブルック在住。国語教師として働く。2011年『Sommer wie Winter（夏も冬も）』で小説家デビューし、現在は専業作家。2013年に発表された『国語教師』は2014年度のフリードリヒ・グラウザー賞（ドイツ推理作家協会賞）長編賞を受賞した。

浅井 晶子（あさい・しょうこ）

1973年大阪府生まれ。京都大学大学院博士課程単位認定退学。2003年マックス・ダウテンダイ翻訳賞受賞。主な訳書にパスカル・メルシエ『リスボンへの夜行列車』、イリヤ・トロヤノフ『世界収集家』（以上早川書房）、カロリン・エムケ『憎しみに抗って』（みすず書房）、トーマス・マン『トニオ・クレーガー』（光文社古典新訳文庫）、エマヌエル・ベルクマン『トリック』（新潮クレスト・ブックス）ほか多数。

装画　牧野千穂
装丁　藤田知子

国語教師《こくごきょうし》

2019年5月30日　第1刷発行

著　者　ユーディト・W《ヴェー》・タシュラー
訳　者　浅井晶子《あさいしょうこ》
発行者　徳永 真
発行所　株式会社集英社
〒101-8050　東京都千代田区一ツ橋2-5-10
電話　03-3230-6100（編集部）
03-3230-6080（読者係）
03-3230-6393（販売部）書店専用
印刷所　大日本印刷株式会社
製本所　ナショナル製本協同組合

ISBN978-4-08-773498-0　C0097

集英社の翻訳単行本

「おやすみの歌が消えて」
リアノン・ネイヴィン　越前敏弥 訳
ザックの兄で10歳のアンディは、「じゅうげき犯」に殺されて死んだ。ママは「おやすみの歌」をもう歌ってくれないし、パパも様子がおかしい。ひとりになったザックは、アンディのクローゼットを自分の秘密基地にする——。アメリカで多発する銃乱射事件を、6歳の子供の視点から描いた衝撃作。人間の悲しみと優しさ、家族の絆の物語。

「83 1/4歳の素晴らしき日々」
ヘンドリック・フルーン　長山さき 訳
オランダ､アムステルダムのケアハウスに暮らすヘンドリック83歳。コーヒーを飲みながら死を待つ日々に嫌気がさした彼は、仲間とともに「オマニド（老いても死んでない）クラブ」を立ち上げて……。良い老後とは、人生とは何か。オランダで30万部の大ヒット小説。

「孤島の祈り」
イザベル・オティシエ　橘 明美 訳
慎重派のルイーズと楽天家のリュドヴィック。冒険に出た若い夫婦は、南極近くの無人島に上陸した際、突然の嵐に船を奪われる。取り残された夫婦に迫る運命とは？　女性で初めてレースにおける単独帆船世界一周を果たした海洋冒険家が、人間の脆弱な生と愛を描く。

「セーヌ川の書店主」
ニーナ・ゲオルゲ　遠山明子 訳
人々に本を“処方”する書店主ジャン･ペルデュの船は、パリを飛び出し、プロヴァンスを目指す。あのひとの人生を見届けるため、そして自分の人生を取り戻すため——。37か国で累計150万部突破の長編小説。巻末にプロヴァンス料理レシピ、『ジャン・ペルデュの〈文学処方箋〉』つき。